KB272685

짧은 꿈

짧은 꿈

신미나 산문집

봄날의책

일러두기

콘셉트: 신미나와 싱고의 교차 일기

시를 쓸 때는 신미나, 그림을 그릴 때는 싱고라는 필명을 씁니다.
씨실과 날실처럼 본캐main character와 부캐sub character를
넘나들며 써 내려가는 두 달간의 레지던시 일기.
이 이야기는 도쿄의 가구라자카 언덕에 있는 다다미방에서 시작됩니다.
어서 들어오세요. 신발은 벗지 않아도 됩니다.

* 캐릭터에 따른 오늘의 화력을 표시합니다.
예: 시인력 30, 싱고력 70

들어가는 말

가구라자카 언덕의 저녁은 냄새로 먼저 기억된다. 전갱이튀김의 고소한 기름 냄새, 따뜻한 김이 손등에 닿아 번져 오르던 순간. 회식을 마친 회사원들이 '수고하셨습니다'를 주고받으며 흩어지던 골목길. 2025년 5월과 6월, 나는 도쿄의 레지던시에 머물며 일기를 썼고, 이제 그 기록을 한 권으로 묶는다.

불과 일 년이 채 지나지 않았는데도 그 시간은 어쩐지 조금 멀게 느껴진다. 그사이 책 속의 사람들을 책 밖에서 만나기도 했고, 그때 곁에 있던 누군가는 지금 부재라는 이름으로 남기도 했다. 그래서 이 책의 현재는 두 겹이다. 그때의 현재와 지금 다시 쓰는 현재. 나는 그 교차점에서 문장을 다시 읽고 고쳤다. 다만 고친 문장이 언제나 더 나은 것은 아니었다.

십여 년 전 나는 시를 쓸 때는 신미나라는 이름을, 그림을 그릴 때는 '싱고'라는 필명을 썼다. 이번 책에서는 그 분리를 텍스트 안으로 옮겨보았다. 도쿄에서 체감한 일상의 리듬과 재미는 싱고의 재치로 풀어내고, 시인으로서 길어 올린 감각은 신미나의 목소리로 붙잡아두었다. 두 목소리는 한 사람에게서 나왔지만 쉽게 하나로 수렴되지는 않는다.

문장에도 시차가 생긴다. 쓰는 시간과 다시 읽는 시간 사이에서. 문장을 다듬되 남겨두고, 바로잡되 그대로 두었다. 내가 쓰고 싶었던 것은 '옳은 문장'이 아니라 '읽는 동안에도 자꾸 방향이 바뀌는 문장'이었다. 그리고 그 선택을 둘러싼 망설임이 이 책 곳곳에 배어 있다.

이 일기는 '신미나와 싱고의 교차 일기'라는 제목으로 번역되어 일본에서 먼저 연재되었다. 낯선 언어를 통과하는 동안 문장은 이따금 나에게서 멀어졌고, 그 멀어짐이 질문을 남겼다. 내가 가장 나답다고 믿었던 문장이 다른 목소리를 내기도 했다. 그 문장들은 충돌하고 화해하며 나를 벗어난 쪽으로 퍼져 나갔다. 일기란 어쩌면 자신을 가장 낯설게 만드는 쓰기인지도 모르겠다.

리애 씨의 번역 덕분에 일본어로 연재를 마칠 수 있었다. 또한 이 작업에 힘을 보태준 김승복 대표와 시미즈 지사코 번역가, 그리고 쿠온 스태프들의 세심한 배려에 감사드린다. 다 담지 못했지만, 도쿄에서 만났던 많은 이들의 환대와 우정도 이 책의 숨은 문장 속에 남겨두었다.

'봄날의책'과 함께 책의 매무새를 다듬을 수 있어 기쁘다. 원고를 톺아보던 박지홍 선생의 동그란 안경이 먼저 떠오른다. 교정을 거듭할 때마다 문장의 흐름을 따라 짚어준 송승언 님, 가장 맞춤한 옷을 입혀준 공미경 님께 감사 인사를 올린다.

고마움을 전할 말이 이렇게 작다.

　교정지의 마지막 장을 덮고 나니 눈꺼풀에 츠바키 꽃잎 두 장을 붙이고 낮잠을 잔 기분이다.
　달다.

　2026년 우수 지나
　신미나

차례

5월 1일

첫날 밤

시인력 9, 싱고력 91

오늘 입주한 레지던시는 1980년대에 지어진 아파트다. 오래되었지만 정갈하고 아담하다. 방바닥에 짚과 골풀로 엮은 다다미 여섯 장이 깔려 있다. 오시이레도 있다. 오시이레는 한국의 붙박이장 비슷한 수납공간인데, 미닫이문을 열면 이불 몇 채와 베개가 단정히 놓여 있다. 여기까지는 어느 정도 예상한 풍경이다.

김승복 선생과 번역가 시미즈 지사코 선생의 입주 시설 안내를 들으며 집을 둘러보던 중, 나는 싱크대 앞에서 잠시 멈춰 섰다. 압력밥솥 때문이었다. 그 압력밥솥은 뭐랄까. 가히 미래적인 디자인이었다. 앵두알만 한 빨간 추가 달려 있고, 게의 눈처럼 생긴 레버를 당기면 잠금장치가 찰칵 풀렸다. 작은 우주탐사선의 도킹 장치가 해제되는 것 같았다. 김승복 선생은 "10분 안에 밥이 완성된다"라고 했다. 과연, 그런 투지가 엿보이는 밥솥이었다.

욕실로 들어갔을 때 나는 또 다른 신기한 것을 보았다. 지금껏 본 적 없는 커다란 가정용 보일러가 있었다. 캡슐형 우주선 하나가 놓여 있는 듯했다. 삶의 재미는 이런 불시착의 형태로 숨어 있나 보다. 다다미방에 앉아 담소를 나누는 사이, 창밖으로 비행기 두 대가 지나갔다.

나는 다다미방에 어울리는 이름을 붙이기로 했다. 이름하여 '스페이스 다다Space-Dada'. 오늘 밤은 스페이스 다다를 타고 멀리 갈 것이다. 꿈 없이.

세우

시인력 84, 싱고력 16

샌드위치로 아침을 때우고 도쿄국립근대미술관으로 갔다. 가는 길 내내 비가 내렸다. 힐마 아프 클린트 전시가 한창이었다. 그는 스웨덴의 화가로, 기하학적 도형을 활용한 추상 작품이 많았다. 그러나 작품보다 더 인상적이었던 것은 "세상이 아직 나를 이해할 준비가 되어 있지 않다"라고 믿고, 자기 작품을 죽은 뒤 20년이 지나서야 공개하라는 유언을 남겼다는 사실이었다. 그 고독한 두려움이 어떻게 확신으로 변했을까. 동시대를 거슬러, 예술이 도착해야 할 때를 스스로 정한 사람. 그의 작품은 신앙에 가까운 게 아닐까.

전시장을 둘러보다가 세이미야 나오부미의 그림 앞에서 걸음을 멈췄다. 그것은 회화라기보다 한 편의 시였다. 푸른빛 속에서 바다와 하늘은 경계를 지우고, 한 사람이 누워 유리잔을 바라본다. 유리잔 안에는 작은 물고기가 헤엄치고 있었다. 그림을 들여다보는 동안 마치 누군가 커다란 손으로 귀를 막은 듯 세상의 소음이 사라진 것 같았다. 물고기 지느러미의 부드러운 율동, 원을 그리며 퍼져나가는 파동의 전파. 나는 아몬드만 한 물고기를 손에 쥐는 상상을 했다. 미끄럽고 팔딱이며, 아가미를 벌린 작은 생명. 세이미야 나오부미의 작품을 발견한 것만으로도 오늘 하루는 충분했다.

출구 쪽으로 가다가 또 멈췄다. 이번에는 문장이었다. 화가 하다 데루오의 글 한 줄이 눈에 들어왔다. 그의 친구 도바리 고간에 관해 적은 글이었다. "내가 처음 도쿄에 올라와 작품을 발표했을 때, 우리는 담소를 나누었다. 그 후로 로맨틱한 도바리와 데카당인 내가 신기하게도 친해졌다."

다이쇼 시대의 두 화가에게 '낭만'과 '데카당'의 멋이란 무엇이었을까. 그들은 아사쿠사를 사랑했다. '아사쿠사 12층'이라 불린 료운카쿠의 불빛 아래 번화한 거리와 사람들 속에서 그들은 젊음의 한 시절을 보냈을 것이다. '구름을 능가할 정도로 높다'는 뜻의 료운카쿠. 그 불빛을 상상하는 순간, 나는 과거에서 현재로 돌아온다. 그 탑은 간토대지진으로 무너져 더는 오를 수 없으니까.

오래전 남산타워에 함께 갔던 친구가 떠올랐다. 그와는 멀어진 지 오래다. 하지만 마음은 여전히 그때로 가서 짧게 머물다 온다. 마음은 참 묘하다. 해자 속에 섞이는 비처럼 형태를 바꾸며 흘러간다. 직선에서 원으로 옮겨가는 마음의 기하학. 나는 주머니 속에서 100엔을 꺼내 해자 속으로 던졌다. 퐁, 소리가 났다. 수면은 동전을 금세 받아 삼켰다.

해자의 밑바닥에는 얼마나 많은 동전이 깔려 있을까.

세우 細雨

에도성 해자
개구리밥이 떴다
한때 절친했지만
멀어져간 친구야

빗줄기
허공에서
세로선을 긋다가
물 위에 깨져서 원을 그린다

의문의 검은 고양이

시인력 방전, 싱고력 완충

고양이 금단 현상을 앓고 있다. 눈뜨자마자 나의 반려묘가 눈앞에 아른거렸다. 이름은 '이응'이다. 살이 쪘을 때는 대문자 알파벳 O에 가까웠는데, 지금은 살이 빠져서 소문자 o가 되었다. 이응은 스무 살이 넘은 장수 고양이다. 인간 나이로 백 살이 넘었다. 그래서 노인 옹翁 자를 붙여 '이응옹'이라고 부른다.

도쿄에 온 지 사흘째. 단 한 마리의 고양이도 보지 못했다. 대신 검은 어미 고양이가 새끼 고양이를 물고 가는 그림만 자주 목격했다. 와세다 거리에서 보았던 트럭에도, 나리타공항에서 도쿄역으로 올 때 보았던 건물 외벽에도 고양이 그림이 그려져 있었다.

검색해보니 그 고양이는 '구로네코'라고 불리는 야마토 운수의 로고였다. 1957년에 로고가 만들어졌다고 하니 이 마스코트도 이응처럼 노년을 맞이한 셈이다. "어미 고양이가 새끼 고양이를 다루듯 고객의 물품을 소중하게 다룬다"라는 뜻이라니. 아. 다정하고 귀여운 것 못 참지.

그 그림을 보니 문득 한국에서의 어느 날이 떠오른다. 한 어미 고양이가 새끼를 물고 우리 집 맞은편 지붕 위에 나타났다. 이 구역 서열 1위인 치즈 태비에게 밀려 지붕으로 올라간 걸까. 어미 고양이는 새끼를 물고 몇 걸음 가다가 멈추고 다시 걸었다. 자꾸만 새끼를 놓쳤다. 거실 창을 열고 자세히 보니 입 주변이 지저분했다. 구내염이 심한 모양이었다.

우리 집 맞은편 건물 1층은 도자기 공방, 2층은 늘 커튼이 쳐져 있었다. 불이 켜진 걸 본 적은 없었다. 아마도 빈집인 듯했다. 어미 고양이와 새끼들이 그대로 비를 맞고 있었다. "샤워라도 하는 걸까"라고 중얼거렸지만, 비에 젖은 앙상한 몸이 자꾸 눈에 밟혔다.

"딱 한 번만." 나는 그렇게 중얼거리며, 고양이 사료를 비닐봉지에 담았다. 그리고 투포환 선수처럼 거실 창가에 섰다. 맞은편 지붕까지 던지려면 중간에 걸린 전깃줄을 피해 각도와 곡률을 계산해야 했다. 봉지 입구를 묶지 않고 여러 번 비틀었다. 깊이 숨을 들이마셨다. 던졌다. 봉지는 포물선을 그리며 지붕 위에 착지했다. 어미가 먼저 킁킁 냄새를 맡더니 새끼들과 함께 봉지를 헤집고 허겁지겁 사료를 먹었다.

다음 날, 날이 갰다. 고양이들이 지붕 위에서 놀고 있었다. 어미는 몸을 웅크린 채 내 쪽을 주시하고 있었다. 딱 한 번만 주겠다는 다짐을 어기고 사료를 던졌다. 『드래곤볼』의 손오공이 원기옥을 모으는 기분으로. 그런데 이번에는 계산이 어긋났다. 봉지가 지붕 끄트머리에 간신히 걸쳐버린 것이다. 사료의 절반이 1층 도자기 공방 주인의 차 위로 떨어졌다. 후두두둑.

"아, 망했다." 나는 곧장 빗자루와 쓰레받기를 들고 내려갔다. 공방 주인이 오기 전에 증거를 치워야 했다. 단 한 톨의 사료도 남기지 않고 쓸어 담았다. 모자를 눌러쓰고 비질하는 사이 누가 볼까 봐 심장이 콩닥콩닥 뛰었다.

다행히 공방 주인도 고양이를 좋아했다. 공방에 찾아오는 치즈 태비에게 간식을 사주는 모습을 보고 안심했다. 하지만 가끔 공방 주인을 마주치면 나는 괜히 죄인처럼 눈을 피했다. '사실은 사료를 차 위에 떨어뜨렸어요.' 그 말은 입안에서만 맴돌았다. 공방 주인이 모르는 '죄'를 나 혼자 엉큼하게 품었다. 말하지 않으면 아무도 모를 일. 하지만 언젠가 블랙박스를 돌려본다면, 모자를 눌러쓴 채 다급히 뭔가를 줍는 수상한 사람이 찍혀 있겠지.

5월 4일
봄은 짧아, 걸어 아가씨야*

시인력 51, 싱고력 49

JR 중앙선 이다바시역에서 시미즈 선생을 만났다. 진보초에 있는 책거리 서점을 방문하고, 번역 관련 미팅도 예정된 날이었다. 첫 만남이라 작은 선물을 전하고 싶었다. 이런 날엔 역시 꽃이다. 어떤 선물은 받는 순간보다 그것을 들고 가는 길이 더 아름답다.

가구라자카 언덕 초입, 오래된 꽃집이 눈에 들어왔다. 꽃 종류도 많지 않았고 외관도 약간 허름했다. 하지만 오래 그 자리에 있었을 것 같은 편안한 분위기에 마음이 끌렸다.

주인아저씨는 의자에 느긋이 앉아 있다가, 내가 들어서자마자 바로 일어나 인사했다. 나는 진열대를 천천히 훑은 뒤 흰 꽃만 골라 집었다. 가지를 조금 길게 해달라는 부탁이나 리본 색을 정해달라는 말에도 아저씨는 싫은 기색 한 번 없이 차분하게 응대했다. 포장은 투박했지만 그래서 좋았다. 꽃을 숨기는 과한 포장이 아니라, 꽃이 다치지 않게만 최소한으로 감싸는 손길. 그 절제가 마음에 들었다.

* 모리미 토미히코의 소설 『밤은 짧아 걸어 아가씨야』 변용.

나는 꽃 이름을 물었다. 그러자 아저씨는 메모지를 꺼내 또박또박 적어주었다. 1. 바이카우츠기 2. 핑퐁멈 3. 스프레이국화. 글씨체까지 단정했다.

꽃다발을 품에 안고 이다바시역으로 향했다. 시미즈 선생이 이미 역에 나와 계셨다. 우리는 진보초로 향했다. 주름 스커트 자락이 바람에 차르르 퍼졌다.

대화 중 문장 하나가 끝나고 다음 문장으로 넘어가는 짧은 틈. 그 순간마다 나는 아름다운 일본어를 속으로 발음해 보았다. 동백, 츠바키. 눈, 유키. 불꽃 축제, 하나비. 빛나는 바람, 히카루카제. 바람이 불었다. 피부에 닿는 실크 블라우스의 얇고 시원한 촉감이 좋다. 뒤꿈치가 가볍게 들리는 것만 같은 날씨다. 환상 속에서 투명하게 날아가는 츠바키 꽃잎 한 점. 도쿄, 맑음. 발걸음은 가볍고 마음은 깨끗하다.

촛불 같은 눈동자,
횃불 같은 눈동자

시인력 49, 싱고력 51

정말이지 나는 방 밖을 벗어나면 병이라도 나는 인간인가. 그렇다, 나는 밖에만 나가면 발병이 난다. 그러니까 나는 가능하면 심심함을 즐기고 싶다. 누군가는 한량 같다고 하겠지만, 잘 몰라서 하는 말이다. 머릿속은 늘 마감 중이라 나는 언제나 바쁘다.

책상 위에 레몬 한 알만 있어도 나는 혼자 잘 논다. 다산 정약용이 「국영시서菊影詩序」에서 국화를 책상에 두고 불빛을 비춰보며 놀았던 것처럼, 나는 이런저런 정념을 쇠똥구리처럼 굴리며 논다. 오늘은 청사과, 내일은 토마토, 언젠가는 바나나.

그런데 오늘도 어제처럼 볕이 너무 좋다. 김승복 선생이 알려준 단어가 있다. 하레노히晴れの日. 그야말로 맑은 날이다. 다다미방에서 커피와 도넛을 앞에 두고 고민한다. 글을 쓸까, 밖으로 나갈까.

결국 숙제를 해치우듯 밖으로 나섰다. 목적지는 도쿄국립신미술관. 휴관일이 아니라는 것만 확인하고, 세부 일정은 과감히 생략했다. 세상은 이미 정보로 차고 넘치니까. 예기치 않은 우연이 주는 신선함을 만나고 싶었다.

하지만 이다바시역에서 노기자카역까지 환승하는 동안 체력의 70퍼센트가 빠져버렸다. 지하철에 사람들이 점점 몰려들었다. '돌아갈까?'라는 생각이 스쳤지만, 이왕 시작했으니 끝을 보기로 했다.

지하철 연결 통로를 지나 미술관으로 바로 들어갔다. 1층은 근대 건축전이 진행 중이었다. 1920년대부터 1970년대까지 일본 건축의 근대성이 어떤 변화를 거쳤는지 보여주는 전시였다. 나는 서툰 영어로 텍스트를 더듬고, 번역기를 켜서 한 문장씩 따라갔다. 하지만 정보를 습득해야 한다는 의무감이 감상을 방해하기 시작했다. 공부하듯이 보는 전시는 그래서 재미가 없다.

게다가 구두 버클이 발등을 눌렀다. 몇 번 신지 않아 길이 들지 않았고, 뒤꿈치에는 좁쌀만 한 물집이 부풀었다. 집중력에 한계가 왔다.

입장료는 1,800엔. '본전은 찾아야지.' 그렇게 억지로 전시장을 한 바퀴 돌았다. 이번엔 시야가 흐릿했다. 정보의 양 때문이 아니라, 구두가 발을 옥죄는 통증 때문이었다. 결국 물집이 터져 따끔거렸다. 나는 10분 만에 전시장을 빠져나왔다.

허탈했다. 그러나 그냥 돌아가기엔 아쉬웠다. 엘리베이터를 타고 위층으로 올라가 아래를 내려다보았다. 그제야

미술관의 구조가 한눈에 들어왔다. 거대한 유리 파도. 시시각각 부딪히는 햇살이 사방으로 흩어져 반짝이고 있었다. 바깥의 풍경을 그대로 프레임 안에 들여놓은 것처럼 유리창 밖의 풍경이 시원하게 펼쳐졌다.

문득 코로나 시기, 의정부미술도서관에서 밤을 샜던 날이 떠올랐다. 한 신문사의 취재 요청으로 도서관에서 하룻밤을 보내고 칼럼을 쓰던 날. 그곳도 한 면이 유리 파사드로 되어 있었다. 그때 담당 기자가 말했었다. "외벽이 전부 유리로 된 미술관이 있어요." 어쩌면 그가 말한 곳이 바로 여기일지도.

나는 머릿속으로 도쿄와 의정부를 잇는 투명한 선을 그렸다. 하나의 곡면, 두 도시의 빛. 하나는 미술관, 하나는 미술도서관. 규모도 성격도 다르지만 둘 다 태양의 위치에 따라 변하는 빛의 격자무늬를 품고 있다.

유리벽을 따라 걷다가 작은 도서관을 발견했다. 외부인도 들어갈 수 있는 곳 같았다. 슬쩍 눈치를 보고 들어갔는데 다행히 별다른 제재를 받지 않았다. 바로 중앙에 다자이 오사무의 사진집이 눈에 띄었다. 내가 주로 보았던 사진은 중년 다자이 오사무의 사진이었다. 다자이 오사무의 얼굴을 들여다보았다. 나는 그의 얼굴에 '나른하다'라는 형용사와 '미美'를 붙여보기로 했다. '나른미.'

길고 가는 눈, 광대 아래 깊게 팬 그림자. 배경은 풀밭이고, 굽은 등에 드리운 풀 그림자는 마치 풀이 그려진 도포를 입은 것처럼 보였다.

중년의 그는 대체로 우수에 잠긴 듯하거나 음울한 표정. 반면 소년 다자이는 요즘 유행하는 '인생네컷'처럼, 브이 자를 턱에 대고 웃어 보였다. 장난기 어린 표정이 생기롭다.

그리고 마음을 붙잡는 한 장. 딸 유코를 안고 닭장 앞에서 웃는 사진을 보았다. 애틋해서, 나는 그 사진을 몇 번이고 다시 펼쳐보았다.

자연스레 다른 얼굴도 떠올랐다. 시인 김수영. 넓은 이마, 깊은 미간 주름. 각진 턱과 살짝 아래로 내려간 눈매, 직선으로 날렵하게 뻗은 콧날. 목이 늘어난 메리야쓰!(셔츠나 반소매 티라고 쓰지 말고, 메리야쓰!라고 힘주어 읽어야 김수영답다)를 입고 턱을 괸 사진. 어떤 열망, 해소하지 못한 분노가 눈동자 속에 이글거리는 듯했다. 다자이 오사무의 눈빛은 먼 곳을 향하는 듯하고, 김수영의 눈빛은 약간 위쪽을 노려보는 듯하다.

다자이의 눈빛이 촛불이라면 김수영의 눈빛은 횃불이다.

요조의 "부끄럼 많은 생애를 보냈습니다"라는 고백과 김수영의 "나는 왜 조그마한 일에만 분개하는가"는 서로 다른 방향으로 타오른다. 하나는 안으로 꺼지고 하나는 밖으로 번진다. 다자이는 패전 이후를, 김수영은 혁명과 쿠데타의 시간을 통과했지만, 나에게 그 둘을 하나로 묶는 감정은 '부끄러움’이다.

나는 확신의 얼굴보다 주저의 얼굴을, 단단한 주장보다 후회로 얼룩진 얼굴을 한 작가를 사랑한다.

그들의 얼굴을 번갈아 떠올리다가 몰래 사진을 찍었다.

찰칵!

생각보다 큰 소리가 났다. 가슴이 조마조마했다. 아니나 다를까, 사서가 다가와 조용히 주의를 주었다. 그 순간 조금 안도했다.

(혼내주는 사람이 있다는 건 아직 ‘돌이킬 수 있다’는 뜻이니까.)

모리미술관도 가려 했으나 입구를 찾지 못했다. 한참을 빙빙 돌았다. 예약을 미리 하지 않은 것이 오히려 다행이었다. 집으로 돌아갈 명분이 생겼으니까.

구두를 벗고 보니 새로 생긴 물집이 매화 꽃망울만큼 부풀어 있었다. 롯폰기역을 향해 터덜터덜 걸었다. ‘아. 역시 집이 최고야.’

그때 사람들의 시선이 한곳에 쏠려 있었다. 모두가 사진을 찍고 있었다.

궁금해서 절뚝이며 다가갔다.

도쿄타워가 거기 있었다.

주오선 창밖으로 초록은 우거지고

시인력 90, 싱고력 10

오기쿠보역에서 시미즈 선생과 헤어진 뒤 집으로 돌아가는 주오선 전철 안에서 이 글을 쓴다. 정오에 만나 점심을 먹고, 이야기를 마치고 나니 어느새 저녁 여섯 시가 가까워졌다. 식사 시간을 제하면 거의 다섯 시간을 내리 이야기한 셈이다. 번역 프로젝트를 본격적으로 시작하기 전, 나는 시미즈 선생께 이렇게 말했다.

"이 작업이 괴롭고도 즐겁기를 바라요."

졸시 「선생님 전 상서」에는 이런 구절이 나온다.

> 선생은 모과나무의 꽃을 보라 하셨지요
> 꽃 피지 않는 모과나무의 속꽃을 보아야 한다고
> 그 말을 품고 싶었는데
> 오늘은 돌을 쥐고 추운 호숫가에 왔습니다

시미즈 선생은 '소설의 서술'과 '시의 언어' 사이에서 고심했다. 이를테면 위 시의 '속꽃'을 어떻게 옮길 것인가. 모과나무는 봄이면 분홍빛 꽃을 피운다. '속꽃'을 그대로 옮기면, '내면의 꽃'쯤 될 텐데, 어딘가 밋밋하다. '보이지 않는 꽃'이나 '꽃 없는 꽃'이라 해야 조금 더 가까워질까.

어쩌면 번역은 선택의 문제인지도 모른다. 함축과 직설, 암시와 명백, 은유와 직유의 간극에서 딱 들어맞는 한 조각을 골라내는 일. 시미즈 선생은 어떤 단어를 택했을까. 그 답을 묻지 않고 나는 창밖을 보았다.

주오선 차창 너머로 초록이 빠르게 스쳐간다. 두껍게 올린 유화 물감을 나이프로 쓱 밀어낸 듯한 풍경이다. 그 풍경을 보며 문득 생각했다. 내가 오늘 너무 말이 많았던 게 아닐까.

어떤 순간은 로고스에 갇히지 않기를 바란다. 시는 의미를 붙들려는 순간, 멀어진다.

말로 붙잡히지 않은 여백이야말로 때로 가장 순수한 '무엇'으로 남는다. 오늘 나는 말을 과하게 썼고, 그 과잉이 오히려 시를 조금 흐린 것 같았다.

집에 도착할 즈음 완전히 지쳐버렸다. 하지만 정신은 찬물로 헹군 듯 개운했다.

마트가 좋아

시인력 3, 싱고력 97

니쿠노하나마사肉の花マサ는 일본에 온 첫날 김승복 선생이 안내해준 마트다. '고기의 꽃 마사'라니. 이름부터 귀엽다. 한국어에서 등심에 '꽃'을 붙여 꽃등심이라 부르는 것과 비슷한 것 같기도 하고. 대형마트보다는 작고 동네 슈퍼보다는 조금 큰 규모로, 다양한 식재료와 채소를 비교적 저렴하게 살 수 있다.

일본에서는 연어가 싸다. 물론 품질에 따라 가격은 천차만별이지만, 한국에서 손바닥만 한 연어 한 덩이를 만 원에 샀다면 여기서는 세 조각이 팔천 원 남짓이다. 참치회도 1인분씩 포장되어 있어 혼자 사는 사람도 망설임 없이 장바구니에 담는다. 여기서 '혼자'는 예외가 아니라 진열대의 기본값처럼 놓여 있었다.

나를 가장 놀라게 한 것은 참외였다. 한국에서는 흔한 과일이지만 일본에서는 참외 한 알에 오천 원쯤 한다. 무화과도 비싸다고 들었다.

니쿠노하나마사는 그야말로 동네 사람들이 애용하는 마트였다. 멜론은 아직 제철이 아니라 망설이다가 지나쳤다.

그래도 가을이 오기 전에 한 번쯤 마음껏 먹고 싶다.

이곳 멜론은 한국 것보다 더 달고 과육도 부드럽다. 차가운 멜론 한 조각을 상상하면 "센비키야 멜론이 먹고 싶다."라고 유언했다는 시인 이상이 떠오른다.

긴자의 센비키야가 유명하다는 건 알고 있었지만 그쪽까지 갈 엄두는 나지 않았다. 대신 스페이스 다다로 가는 골목에 있는 멜론 앤 로망에 들러 멜론크레페를 사 먹었다.

엊그제 시미즈 선생을 만났을 때 들렀던 루미네 오기쿠보Lumine Ogikubo라는 마트는 또 다른 세계였다. 진열대에는 고급 식료품이 빼곡했고, 한국 백화점 지하 식품관과 비슷한 분위기였다. 진열대의 음식은 정갈했고 조명은 한 톤 밝았다. 지하철과 바로 연결되어 있어서 시미즈 선생은 가끔 루미네에서 장을 보고 집으로 돌아간다고 했다. 나는 토마토계란볶음을 만들 요량으로 계란과 파, 버터와 굴소스 등을 샀다. 그리고 당근라페 재료도 장바구니에 담았다.

당근라페는 간단하지만 은근히 손이 많이 간다. 먼저 당근을 얇고 길게 채 썬다. 소금을 한 꼬집 뿌려 십 분쯤 두면 숨이 살짝 죽는다. 그사이 올리브오일과 레몬즙, 약간의 꿀, 그리고 홀그레인 머스터드를 볼에 넣고 섞은 뒤 당근을 넣어 손으로 조물조물 버무린다. 상큼하고 달큰한 향이 퍼져오른다. 막 만든 당근라페는 약간 뻣뻣하다. 하루 정도 냉장고에서 숙성해야 산미가 고루 돌고 색도 한층 깊어진다.

냉장고에 식료품을 다 정리하고 보니 싱크대 한쪽에 놓인 압력밥솥이 어쩐지 시무룩해 보였다. '이봐, 언제쯤 나를 쓸 거야?' 하고 무언의 압박을 주는 것 같았다. 나는 그 압력밥솥에 이름을 하나 붙여주었다. '체리체리붐붐Cherry Cherry Boom Boom'.

쌀을 씻고 밥을 짓는 일은 아직 번거롭다. 그래도 일본의 쌀밥은 기가 막히다. 지금껏 어느 식당에 가도 밥에 실망한 적이 없다. 내가 좋아하는 건 잡곡을 섞지 않은 깨끗하고 흰 쌀밥이다. 언젠가 찰지고 윤기 도는 쌀밥을 지어보고 싶다. 저 체리가 달린 배출구에서 풍성한 스팀을 뿜게 해줘야지. 금방 만든 당근라페 치아바타를 크게 베어 물었다. 입안이 조용히 환해졌다.

아는 것과 알지 못한 것

시인력 78, 싱고력 22

모든 것이 갖춰진 우주선, 스페이스 다다에도 없는 것이 하나 있었다. 레몬 스퀴저였다. 아침마다 레몬즙을 짜서 따뜻한 레몬수를 마시는 게 습관이라, 그 작은 도구의 부재가 하루의 균형을 살짝 흐트러뜨렸다. 나는 근처 다이소로 갔다.

지하에서 1층으로 올라가는데 낯익은 배우의 포스터가 눈에 들어왔다. 하마구치 류스케의 〈우연과 상상〉 속 그 배우였다. 이름이 도무지 떠오르지 않았다.

나는 계산대 점원에게 다가가 포스터를 찍은 사진을 보여주며 재빨리 물었다. "이 배우 이름, 아세요?"

때마침 내 뒤에는 손님이 없었다. 점원은 사진을 보자마자 "아…" 하고 낮게 소리 냈다. '아는데, 모르겠다'는 표정. 그럴 때가 있다. 분명 어딘가 가려운데, 정작 어디가 가려운지 모를 때처럼. 옆 카운터의 점원까지 합세해 둘이서 휴대전화를 뒤적이다가 이윽고 휴대전화를 내밀며 물었다. "이 사람 맞아요?" 맞다. 후루카와 고토네!

스페이스 다다에 돌아오자마자 이동진의 파이아키아를

검색했다. (이동진 평론가는 나의 오랜 랜선 친구다. 물론 그는 이 사실을 모른다. 영화를 보고 나면 늘 그의 유튜브 채널을 찾아간다. 그의 분석과 나의 감상이 겹치는 순간, 머릿속 톱니바퀴가 또각 맞물려 돌아가는 것만 같다.)

한국에서 이미 한 번 본 영화지만 또 보고 싶었다. 나는 영화를 볼 때 사전 정보 없이 보는 편을 더 좋아한다. 미리 정보를 접하면 뭔가 찜찜하다. 이미 '알았다'고 뇌가 서둘러 결론을 내리는 기분이 든다. 그런 예감이 오히려 감상을 가로막을 때가 있다. 모르는 채로 첫 타격을 맞고 싶다.

정보를 받아들이는 과정을 굳이 시각화하자면 대략 이런 모양일 것이다.

첫 만남은 '깨끗한 폴더' 하나에 담긴다. 새 정보가 들어올 때마다 덮이고, 갈라지고, 겹친다. 나중에는 뒤섞이고 흐트러지더라도, 그 혼란 속에서 오래 남는 건 실제로 경험하고 '인식한' 것들뿐이다.

엊그제 갔던 도쿄국립신미술관도 그랬다. 그곳이 소장품을 '수집'하는 기관이 아니라, '전시 플랫폼'으로서 기획 중심의 공간이라는 사실을 집에 돌아와 검색하고서야 알았다. 그제야 이해했다. 왜 전시 작품보다 텍스트와 사진이 많았는지. 작품을 보러 간 내 감각 앞에 설명이 먼저 와 있었다. 나는 '모름' 그 자체를 즐기고 싶었는데 텍스트가 이미 공간을 채워버린 느낌이랄까. 조금 헛헛해서 웃음이 났다.

모르는 상태로 보는 것. 그것이야말로 '본다'는 행위의 본질일지도 모른다.

무언가를 끝내 확실히 '알지 못한다'는 사실은 생각보다 나쁘지 않다. '안다'는 것이 결국 한때의 결론에 불과할 때가 많다. 그런 결론은 금방 낡고, 쉽게 다른 문장으로 대체된다. 같은 일도 시간과 시점이 달라지면 전혀 다르게 보인다. 어쩌면 '본다'는 것은 무엇을 아는 일이라기보다, 모르는 상태를 오래 견디는 일일지도 모른다.

하마구치 류스케의 영화는 바로 그 '모름의 상태'를 탁월하게 다룬다. 우연이 개입하면 상상은 제멋대로 가지를 뻗는다. 그러면 현실과 상상의 경계가 흐릿해지고, 그 모호함이야말로 영화의 가장 진짜 같은 서사로 느껴진다.

〈우연과 상상〉의 첫 번째 에피소드에서 후루카와 고토네가 인상적이었던 이유도 그 때문이다. 그는 연기하는 사람처럼 보이지 않았다. 연기를 잊은 연기. 자연스러움이야말로 배우에게 허락된 최고의 재능 아닐까. 하나의 형태로 고정되지 않는 마음의 레이어를 그는 멋지게 그려냈다.

나는 생크림과 팥이 들어간 야키토리에 얇게 썬 바나나를 끼워 먹으며 후루카와 고토네의 무대 인사 영상을 보았다. 조명 하나만 켜두고 유튜브를 재생했다. 서울의 방을 아주 커다란 삽으로 떠서 그대로 가구라자카로 옮겨놓은 기분. 스페이스 다다, 오늘도 순항 중.

입장 바꿔 쓴 일기

시인력 9, 싱고력 91

지금부터 각자의 시점으로, 일인칭 '상상 일기'를 써본다. (주의! 당사자의 입장과 다를 수 있음.)

김승복 선생의 시점

오후 3시에 신미나 시인과 미팅을 잡았다. 교차 일기 번역을 맡게 될 리애 상도 함께 소개해야 한다. 그 후에는 산겐자야 트와일라이라이트 서점에서 또 미팅. 진보초에서 산겐자야까지 얼마나 걸리더라? 저번에 가봤으니 헤매지 않겠지.

그런데 이상하다. 오늘 시인이 서점에 온다고 예고한 것도 아닌데, 그의 책이 세 권이나 팔렸다. 첫 손님은 하야시다 다케후미 상. 그는 병원에 입원한 딸 나고미 상을 위해 『서릿길을 셔벗셔벗』을 구입했다. 하야시다 상이 덧붙였다. 나고미 상은 부정교합으로 턱 수술을 한다고. 어쩌면 교차 일기를 쓰는 시인에게 좋은 이야깃거리가 될 수도 있겠다.

나는 하야시다 상에게 간단한 메모를 남겨달라고 요청했

다. 그리고 시인의 답장을 전해주겠다고 했다. 신미나 시인이 오면 메모를 전해줘야지. (조금 뿌듯하다!)

게다가 또 무슨 일일까. 먼 지방에서 할머니 두 분이 오셨는데 사인을 받고 싶다고 기다리신단다. 부랴부랴 미나 상에게 메시지를 보냈다. "미나 상, 먼 지방에서 할머니 두 분이 오셨는데 사인받고 싶다고 기다리고 계세요. 가능하면 조금만 서둘러 올 수 있나요?" 할머니들께는 아래층 카페에서 차라도 한 잔 하고 오시라고 말씀드렸다.

같은 시각, 신미나의 시점

책거리 서점에서 김승복 선생을 만나 트와일라이라이트 서점으로 가기로 했다. 일부러 한 시간 일찍 집을 나섰다. 진보초는 고서점이 많은 동네다. 한국의 인사동과 비슷하달까. 고즈넉한 동네 정취를 느끼며 느긋하게 커피를 마시고 싶었다. 책거리 서점 매니저인 지영 상이 했던 말도 떠올랐다. "같은 건물 2층에 있는 카페도 유명해요. 옛날 문인들이 자주 찾았대요."

2층 카페로 들어가보니 정말 운치가 있었다. 한국 혜화동의 학림다방을 떠올리게 하는 오래된 나무 탁자와 분위기. 예스러운 멋이 있었다. 하지만 문제는 그곳이 흡연이 가능한 카페였다는 점이다. 내 폐는 매운 연기를 견디지 못할 것 같았다. 아쉽지만 퇴장.

책거리 서점에서 기역 자로 꺾인 골목으로 들어서자 어

디선가 탱고가 들렸다. 엘피 특유의 묵직하고 입체적인 음향이었다. 나는 탱고에 이끌려 가게 문을 열었다. 간판에 'MILONGA NUEVA'라고 적혀 있었다.

비엔나커피를 주문했다. 서버가 한 송이 백장미처럼 흰 크림이 얹힌 비엔나커피를 가져다주었다. 찻잔을 조심스레 들어 부드러운 크림에 입술을 대는 순간, 휴대전화에서 메시지 알림이 울렸다. 김승복 선생에게서 온 문자였다.

"미나 상, 먼 지방에서 할머니 두 분이 오셨는데 사인받고 싶다고 기다리고 계세요. 가능하면 조금만 서둘러 올 수 있나요?"

책거리 매니저 지영 상의 시점

오후 3시에 신미나 시인이 우리 서점에 오기로 했다. 시인이 서점에서 '일일 점장 이벤트'를 하기로 했는데 날짜를 언제로 잡으면 좋을까. 일정도 다시 맞춰봐야 한다. 그런데 오늘은 손님이 더 먼저 와 있었다. 사인을 받으려고 기다리던 할머니 두 분이 1층에서 소바를 드시고 다시 올라오신 것이다. 잠시 뒤 신미나 시인이 도착했다. 할머니들과 신미나 시인은 금세 담소를 나누었다. 나는 손님 응대를 하면서 귀를 조금 기울였다. 한국 요리 이야기가 나오다가, 장구 이야기가 나오다가, 장사익의 노래까지 흘러갔다. 정말 한국 문화를 좋아하는 할머니들이었다. 잠시 후 나는 신미나 시인과 김승복 사장님이 위층 쿠온 출판사 사무실로 올라가는 뒷모습을 보았다.

 며칠 전 나는 책거리의 동료들을 떠올리며 초콜릿 한 상자를 샀다. 구성이 독특한 퓨전 초콜릿이었다. 고춧가루 맛, 산초 맛, 생강 맛! 고춧가루 맛을 고른 사람은 '벌칙'을 받은 것이나 다름없겠지. 히히. 내가 산 초콜릿은 지금 쿠온 출판사 사무실 탁자 위에 있다.

 시계를 보니 트와일라이라이트 서점으로 갈 시간이었다. 미팅이 끝났는지 계단을 내려오는 발소리가 들렸다. 나는 카운터 쪽으로 몸을 돌렸다. 신미나 시인이 해맑은 표정으로 다가와 인사했다. "다음에 또 올게요." 그러고는 슬쩍 내 손에 뭔가를 쥐여주었다. 손을 펴보니,

 "으악! 고춧가루 맛 초콜릿이잖아!"

우연과 동시성

시인력 30, 싱고력 70

어제 산겐자야의 작은 서점 트와일라이라이트를 방문했다. 그 이름에는 재밌는 사연이 있다.

서점 주인인 미쯔 상이 전철을 타고 가는데, 안내 방송이 나왔다. "지금 내리실 역은 산겐자야…" 방송을 듣고 있던 아이가 "자야"를 한 번 더 따라 말했다. "산겐자야자야."

그 장난스러운 리듬이 재밌고 마음에 들어, 미쯔 상은 자신의 서점 이름에도 리듬을 더했다. 트와일라이트twilight에 "라이li"를 한 번 더 붙여 트와일라이라이트가 된 것이다.

나는 미쯔 상에게 한국에도 비슷한 이름의 서점이 있다고 말했다. 유희경 시인이 운영하는 혜화동의 시집 서점 '위트 앤 시니컬'. 영어 문법으로 따지면 위트wit는 명사이고 시니컬cynical은 형용사다. 보통 같은 품사끼리 연결되지만 이 조합은 이를 의도적으로 비틀었다. 그 어색함이 오히려 시적이다. 문법이 아니라 리듬으로 지은 이름. 그래서 어쩐지 일본의 트와일라이라이트와도 통한다는 생각이 들었다.

김승복 선생이 덧붙였다. "유희경 시인은 K-북 페스티벌 1회 때 왔었어요." 서점을 둘러보던 중 미쯔 상이 한 권의 책을 꺼냈다. "이 책, 알고 계세요?" 한정원 작가의 『시와 산책』이었다. 하시모토 지호 상의 번역으로 2023년 2월에 출간되었다. 나는 반가워서 한국에서도 꾸준히 사랑받는 책이라 전했다. 은박으로 눌러 찍은 제목이 조명 아래서 가볍게 떨리듯 반짝였다. 표지는 눈 내리는 숲, 그 속의 작은 달과 의자, 그리고 금방 녹을 듯한 눈송이 같은 정적까지 담은 듯했다.

6월, 트와일라이라이트에서 두 차례 북토크를 하기로 했다. 미팅을 마치고 식당을 찾는데 골목 입간판에 이렇게 적혀 있었다.

"라이라이라이來."

우리들은 중국 요릿집 간판을 보고 웃음을 터뜨렸다. 트와일라이라이트, 라이라이라이.

손바닥에 쓴 일기

시인력 1, 싱고력 99

도쿄에 온 지 꼭 열흘째 되는 날. 그새 손톱이 자랐다. 종이를 깔고 톡, 톡 소리를 내며 손톱을 자른다. 그리고 무연히 드는 생각. 손톱은 어떻게 아프지 않게 자랄까.

스페이스 다다에는 세 개의 창이 있다. 남쪽으로 커다란 창이 두 개, 서쪽으로 거실 통유리창 하나. 거실 밖으로 송신탑이 보인다. 아이폰 나침반으로 재보니 서쪽 259°. 통신사 전파탑일 수도 있겠지. 이곳을 떠나기 전, 저 송신탑이 어디 있는지 알아내고 싶다. 다만 가능하면 '찾아가는' 것이 아니라 '우연히 마주치는' 방식으로. 창밖의 송신탑이야말로 스페이스 다다를 스페이스 다다답게 만든다.

아침 일찍부터 전지가위를 들고 정원사들이 맞은편 정원을 다듬는다. 사다리를 타고 오르내리며 가지를 자르고 웃자란 잎을 쳐낸다. 나는 그 소리를 들으며 발톱까지 꼼꼼하게 다듬은 뒤 녹차를 마셨다.

이맘때쯤 진한 향기가 바람을 타고 들어오는데, 나는 한동안 그 향의 정체를 몰랐다. 가구라자카 골목을 산책하다가 비로소 그 향의 주인을 알았다. 흰색과 크림색이 섞인 꽃인데 담장을 타고 선형으로 피어 있었다. 제주에서 보았던 바람개비 모양의 마삭줄과 닮았다. 별 모양의 작은 꽃이 바람에 흔들리며 강한 향을 뿜었다. 검색해보니 그 꽃의 이름은 스타재스민, 일본 이름으로 '데이카카즈라'라는 식물이었다.

이름이 낯익었다. 시인 후지와라노 데이카. 기억을 더듬어보니 『신고금와카집 정선』을 읽은 적이 있다.

시인과 이 꽃에 얽힌 이야기 하나가 전해 내려온다. 데이카는 여성 황족인 내친왕을 깊이 사랑했지만 신분의 벽을 넘지 못했다. 이후 그녀가 죽자 그 사랑이 데이카카즈라로 변해 무덤을 감쌌다고 한다. 동서고금을 막론하고 사랑의 전설은 비슷하구나.

일본 미학의 정점이라 할 수 있는 '요엔妖艶'과 '우키미憂き身'는 단순히 아름다움이나 슬픔으로 번역되지 않는다. 요엔이 죽음의 서늘한 그림자를 머금은 아름다움이라면, 우키미에는 삶의 무상을 이야기하는 맑은 품위가 있다. 그러니까 요엔은 '살아 있음의 아름다움'을, 우키미는 '살아 있음의 슬픔'을 이야기하는 것 같다. 재스민 향이 풍겨오는 저녁. 나는 손바닥만 한 단상을 몇 글자 적는다.

베개까지 스며드는 재스민 향기
한밤중 혼자 어디로 가나
비단 잠옷을 입고 우물 속을 들여다보는 사람

레몬 한 알을 방바닥에 굴리다

시인력 90, 싱고력 10

미술 시간에 정물화를 숙제로 그려서 낸 적 있다. 그때 선생님이 말했다. "형태란 단순히 윤곽선을 그리는 게 아니라, 빛과 그림자를 가르는 일이다." 그 말이 아직 마음에 남아 있다.

손끝으로 점자를 읽듯 레몬 한 알의 질감과 온도, 색과 공간을 예민하게 감광하듯 느껴보아라. 그러다 보면 평면이 입체로 살아난다. 레몬 한 알이 말을 걸어온다. 데굴데굴 굴러온다. 그때, 나는 잠깐 숨을 멈춘다. 독수리가 사냥감을 향해 수직으로 내리꽂히듯이. 순간적으로, 한 번의 힘으로 붙잡아야 한다. 하지만 그걸 의식하는 순간 문장은 닫힌다. 숨소리마저 사라진 듯한 몰두 속에서만 문장이 열린다.

시를 쓰고 싶다. 무서움을 모르고 헤엄치는 아기처럼.

그러나 무언가 잡힐 듯 끝내 잡히지 않는다. 실루엣만 남는다. 나는 정확한 윤곽을 그리려고 애쓴다. 그럴수록 시는 달아난다.

'영감靈感'이라는 말을 자의식 과잉이라 여기는 이들도 있겠지만, 성실함만으로는 시가 오지 않는다는 걸 나는 안다. '성실함이 재능'이라는 말은 어느 면에서는 맞다. 그러나 때로는 그럴듯한 자기기만인지도 모른다. 정수리에 폭포가 쏟아지듯, 정신의 눈이 번쩍 뜨이는 황홀한 순간도 있지 않겠나. 그 잠깐의 번개.

쓰고 나니 뭔가 비장해진 것 같아 스스로 민망하다. 사실 시가 무엇인지 나는 여전히 모르겠다. 오늘도 미련하게 헤맬 뿐이다.

생수를 사러 편의점에 간 것을 제외하고, 종일 스페이스 다다에 머물렀다. 오늘 총 걸음 수 850보.

돌아보고 싶은 사람

시인력 90, 싱고력 10

가구라자카 언덕에서 검은 기모노를 입은 여인을 보았다. 나는 한 번 보고, 다시 돌아봤다. 이제는 한국 현대시에서 '여인'이라는 단어는 좀처럼 쓰이지 않는다. 요즘은 '그녀'라는 삼인칭 대명사도 낯설다. 그럼에도 오늘의 일기를 쓰는 데에는 '여인'이라는 다소 낡은 단어가 꼭 필요하다. 그 단어 속에는 묵은 마분지 냄새 같은 시간의 결, 오래된 고혹이 있다.

그 여인은 첫눈에 화려하지 않았다. 그러나 나도 모르게 시선이 저절로 갔다. 노골적으로 바라보면 실례가 될까 봐, 나는 시선을 거두고서 멀찌감치 떨어져 그 모습을 보았다. 모리 오가이의 소설 『청년』 속 주인공 준이치가 사카이 박사의 미망인을 처음 본 순간도 이랬을까. 이성보다 본능이 먼저 알아채는 감각. 반한다는 건 자기도 모르게 시선이 간다는 뜻이다.

그 여인은 여러 번 옻칠한 화병처럼 단단하고 수수했다. 별다른 장식 없이 매듭 지은 오비는 은은한 품위가 있었다. 기모노의 목둘레선이 비현실적으로 희었다. 하얀 다비 양

말과 조리를 신은 여인은 보폭을 좁게, 그러나 단단한 걸음걸이로 언덕을 내려갔다. 그 아슬아슬한 균형.

나는 얼마 전에 알게 된 '시시오도시 ししおどし'라는 단어를 떠올렸다. 직역하면 '사슴을 놀라게 하는 것'이라는 뜻으로, 일본식 정원에 설치된 장치다. 대나무에 물이 차면 기울었다가, 텅! 소리를 내며 제자리로 돌아온다. 어쩌면 준이치가 미망인을 본 순간, 그의 내면의 무게도 그렇게 여인 쪽으로 기울었다가 텅 하고 내려앉았을 것이다. 무심히 흘러가던 물이 어느 순간 스스로의 무게를 견디지 못하고 넘쳐흐르듯.

작년 여름 원주의 토지문화관에서 읽었던 박경리 소설가의 문장도 떠올랐다. 에세이 『생명의 아픔』의 한 대목이었다.

"옛날, 여인들이 바느질해놓은 한복을 바라보며 선線이 살아 있다고 한 말을 나는 기억한다. 선이란 무엇인가. 선이 살아 있다는 뜻은 무엇인가. 바로 균형이다. 균형은 생명인 것이다. 백자도 따지고 보면 선을 오므린 것이며 나타나는 것도 바로 선이다. 선이 살아 있다는 것은 생명감을 이르는 것이다. 우리 문화는 선의 문화이며 생명을 찾는 문화였다."

백자도 선을 오므린 것이라니. 무릎을 치게 하는 표현이다. 인간이 미추를 인식하는 감각의 차이는 어디서 올까. 한복 소매의 유려한 곡선, 백자의 균형에서 오는 안정감일까.

혹은 넘어질 듯 넘어지지 않던 그 여인의 아슬아슬한 걸음
에서 오는 긴장감일까.

그런 생각을 하며 걷다가 익숙한 향이 코끝을 스쳤다. 농
염한 향이다. 입주 첫날, 스페이스 다다로 이동했을 때도 맡
았던 향기. 오늘처럼 흐린 날엔 그 향이 한층 더 눅진하다.

어기여차와 돗코이쇼 사이

시인력 66, 싱고력 34

어제 나카노역에서 시미즈 선생을 만났다. 집 근처에서 볼 수도 있었지만 선생은 일부러 몇 정거장 떨어진 곳에 약속 장소를 잡았다. 다른 동네를 보여주고 싶은 배려에서다. 회의를 마치고 시미즈 선생이 안내한 곳은 로바타야키 식당. 오각형 바, 중앙에 커다란 숯불 화로가 놓여 있었다. 요리사들이 그 주위를 둘러싸고 제철 생선이나 꼬치에 꿴 고기를 굽고 있었다. 불빛이 얼굴을 붉게 물들였고, 전통 민요가 흘러나왔다. 마치 일본의 오래된 민가에 초대받은 듯했다.

다섯 시간 남짓, 긴 회의가 끝나서일까. 온몸이 노곤했다. 반주를 곁들인 탓도 있겠지만, 민요를 듣다 보니 마음이 누긋해졌다. 내가 다섯 살쯤이었나. 어른들이 모내기하는 날. 들판에서 들었던 노래가 떠올랐다. 못줄을 옮길 때마다 한 사람이 "어럴럴럴 모를 심자, 쏘삭쏘삭 심자." 하고 선창을 하면, 나머지 어른들이 그 노래를 받아 제창했다. 나는 개구리를 잡거나 토끼풀 반지를 만들며 그 노래를 들었다.

돌아보면 시골에서 자란 덕분에 드문 장면을 본 셈이다.

고된 노동을 한 소절의 노랫가락으로 덜어내던 사람들. 그 공생의 리듬을 직접 목격했으니. 누군가는 이런 말을 하면 전래 동화에나 나오는 이야기냐고 반문할지도 모르겠다. 하지만 오래된 것을 구시대의 고물인 양 치부해버리는 생각이야말로 흔하고 게으르다.

집으로 돌아오는 길에 일본 민요를 검색했다. 홋카이도 어부들이 부르는 노동요 〈소란부시〉를 들어보았다. 통영 뱃노래 중에 "어기여차 어야디야"와 같이 "돗코이쇼, 돗코이쇼"라는 추임새가 반복되어 흥이 난다.

아버지의 종아리에 달라붙어 있던 거머리도 떠오른다. 피를 양껏 빨아 통통해진 그것, 손으로 잡아떼도 잘 떨어지지 않아 담뱃불을 갖다 대야 겨우 툭 떨어졌다. 푸른 힘줄이 불거진 아버지의 종아리. 젊은 날, 내 아버지의 까마득한 노래.

과거와 현재의 교차로

시인력 77, 싱고력 23

일곱 시, 호세이대학교에서 특강이 있었다. 김승복 선생을 따라 나카자와 게이 선생의 연구실로 들어섰다. 그는 김승복 선생이 도쿄 유학 시절 처음으로 사사한 스승이며, 고등학생 때 발표한 「바다를 느낄 때」로 일본 문단을 흔들어놓은 소설가이다. 김승복 선생이 스승이 주문한 책 꾸러미를 조심스레 꺼내놓자, 나카자와 선생은 늘 그랬다는 듯 담담히 책값을 치렀다. 사제지간의 담백한 거래라니. 그 모습에 살짝 웃음이 났다. 나카자와 선생은 초면에 이런 모습을 보여 미안하다고 하셨다.

수업에 들어가기 전, 나카자와 선생은 혹시 학생들이 지나치게 조용하면 내가 상처받지 않을까 염려하신 듯했다. 그러나 기우였다. 학생들의 눈빛은 밝았고, 질문이 계속 이어졌다. 통역을 도운 대학원생은 할아버지가 경상도 분이라고 했다.

소책자에 실린 시 두 편을 나카자와 선생이 일본어로, 이어서 내가 한국어로 낭독했다. 「화교」라는 시를 읽으면서 '은수저'나 '우산이끼'와 같은 소재에 대해 질문이 나왔다.

이와 관련해 나카자와 선생은 1980년대에 을지로를 방문했던 기억을 꺼내어, 당시 혼수로 은수저 세트를 주고받던 풍습을 덧붙여 설명해주었다. 이제는 한국에서도 거의 사라진 풍경이 국경을 넘어 회자되는 모습을 보니 어딘가 묘한 기분이 들었다.

이어 「손오목에 꼭 맞는 돌」의 "돌탑 쌓고 허무는 심심한 재미만 헤아리다/엄마 없는 집으로 해를 안고 가며는"이라는 구절에 관한 감상도 나누었다. 한국에서 돌탑은 기원의 상징이지만, 일본에서는 삼도제의 전승이 깊게 작동한다. 부모보다 먼저 죽은 아이가 '불효 죄'를 씻기 위해 강가에서 돌탑을 쌓는다. 지옥의 귀신은 그 돌탑을 무너뜨리고, 아이는 울면서 다시 쌓는다. 그때 지장보살이 나타나 아이를 품어준다는 이야기.

내가 쓴 시와는 결이 달랐지만 그 이질성의 접점이 오히려 흥미로웠다. 일본 불교와 민간 신앙의 층위를 비스듬히 접하는 경험이었고, 삼도제의 세계관은 나의 시 「꼭두전」의 서사와도 어딘가 맞닿아 있었다.

고어체와 순우리말이 시의 분위기를 예스럽게 만든다는 감상도 오갔다. 나카자와 선생은 '뉴트로'라는 개념을 흥미롭게 여겼고, 나는 전통과 현대의 혼용이 낯설면서도 새로운 언어적 감각을 자극한다고 말했다.

강의를 마친 뒤, 호세이대학 옆 물줄기를 따라 함께 걸었다. 그 자리에 도쿄여대 기라 가나에 선생도 함께 자리했다.

우리가 함께 걷는 동안 나카자와 선생은 "이 물길이 바로 에도성 외곽의 해자"라고 알려주었다.

"이걸 그냥 '강'이라고 부르는 사람이 가끔 있어요. 그럴 때면 저는 으아악! 하고 놀랍니다."

나는 속으로 움찔했다. 나카자와 선생의 말을 듣기 전까지만 해도 '으아악'의 무리에 속해 있었으므로. 조금 부끄러웠다. (앞으로 명심하겠습니다, 선생님.)

잠시 뒤, 우리는 이다바시역 근처의 고급 식당으로 이동했다. 나란히 걷던 기라 선생이 소설가 박태원이 호세이대학에 다녔다고 알려주었다. 옛 문인들이 일본으로 건너와 걸었을 이 거리를 상상하니 조금 쓸쓸했다.

식당에 도착하자 나카자와 선생이 숯불갈비를 사주신다고 했다. 김승복 선생은 단골인 듯 주인과 자연스럽게 인사를 나누었다. 한창 분위기가 풀리자 나는 장난스럽게 말했다.

"멧챠 오이시쿠 니쿠데스!(고기 완전 맛있어요!)"

나카자와 선생이 슬며시 웃으며 정정했다.

"멧챠めっちゃ'보다는 '스고쿠すごく'가 더 자연스럽지요."

과거는 어떤 방식으로 현재에 스며드는가. 에도성 해자 옆을 거닐며 박태원의 도쿄 유학 시절을 상상하는 일은 '내가 경험하지 못한 과거'를 더듬는 것과 같다. 한자와 가타카나가 뒤섞인 찻집과 서점의 간판, 그 사이를 걸어가는 '모던 보이'의 이미지가 차례로 떠올랐다.

그러나 곧 생각을 바꿨다. 그는 단순히 도시의 세련됨을 체현한 인물이 아니라 식민과 문명 사이에서 서성일 수밖에 없었던 이방인이었을 것이다. 그가 걸었을 거리는 화려했지만, 그가 느꼈을 고립은 더 선명했다.

그래서 그런가.

지금도 이치가야나 진보초, 혹은 긴자의 어느 골목에서 비 내리는 처마 아래 서성이는 그의 모습이 그려진다. 젖은 성냥개비를 몇 번이고 그어보지만 좀처럼 불이 붙지 않는 장면. 그것은 실제 박태원의 모습이라기보다 그 시대가 남긴 실루엣에 가깝다. 빛과 그늘이 뒤섞인.

시인 동주에게

시인력 91, 싱고력 9

"육첩방은 남의 나라."

당신이 살았던 육첩 다다미방. 그 방과 크기가 똑같은 방에 나는 누웠습니다. 세로 일곱 걸음, 가로 다섯 걸음. 백여 년의 시간을 거슬러 당신이 누웠을 자세 그대로 누워봅니다. 한쪽 팔을 머리 밑에 베고 눕다가 곧장 바로 누워 배 위에 손을 가지런히 모읍니다. 당신의 영혼을 내 그림자에 포개보려는 듯이.

풍령이 울립니다. 투명하고도 봉긋한 숨결 같은 것이 나의 숨 속으로 스며듭니다. 패, 경, 옥, 이국 소녀들의 이름을 불러봅니다. 그 이름은 물방울처럼 아슬아슬 매달렸다가, 어느 순간 출렁이며 얼굴 위로 한꺼번에 쏟아집니다. 깨집니다.

유리창에 겹겹이 비친 당신은 누구입니까? 흰옷을 입고 살구나무 가지를 들어 얼굴을 가린 채, 어둠 속에 서 있는 그 사람은? 사쿠라 폭풍이 휘몰아치고, 우리는 현재와 과거가 어지럽게 섞인 교차로 한가운데 마주 서 있습니다. 당신과 나 사이를 가로질러 인력거가 지나갑니다. 당신의 두 손은 포승줄에 묶여 있고, 멍든 발자국마다 핏물이 괴어듭니다.

이것은 꿈이 아닙니다. 그러므로 오늘은 서정을 버립니다. 수사를 접고, 남의 나라 말도 접고, 당신이 흘린 핏방울을 따라갑니다.

내 나라의 말로 시인 동주를 불러봅니다.
동주.
동주.
시인 동주.

흐린 거울을 소매로 닦듯이, 당신의 이름을 꺼내 닦아봅니다.
풍령이 울립니다. 풍령이 울립니다. 풍령이 울립니다.

우리들의 책거리 시 파티

시인력 61, 싱고력 39

드디어 책거리 시 파티의 날이 찾아왔다. 한국 시인들과 일본 번역가들이 짝을 맞춰 모였고, 리허설이 한창일 때 누군가 과자를 돌렸다. 이름은 '밤의 과자'. 파이 속에 장어 진액이 들어 있다는 말에 모두 웃음을 터뜨렸다. '정력 과자'라는 노골적인 이름 대신 '밤의 과자'라고 완곡하게 부르는 듯했다. 북토크를 앞두고 우리는 그 과자를 나누어 먹으며 자연스럽게 긴장을 풀었다. 책거리 서점에는 이미 관객이 자리를 가득 채우고 있었고, 아리랑TV의 촬영 장비까지 갖춰져 있었다.

행사의 첫 순서는 자기소개였다. 소개가 끝나자 곧바로 한국어와 일본어로 교차 낭독이 시작되었다. 리애 상이 김현 시인의 「잔물결」을 읽을 때 두 언어는 잔잔한 수면 위에서 퍼지는 파문처럼 부드럽게 겹쳐졌다.

사자나미, 사자나미, 사자나미…

'잔물결'이라는 의미가 담긴 그 음성을 듣는 동안 나는 강릉 안목 남대천 하구를 떠올렸다. 민물이 바다를 만나 흐름을 바꾸듯, 두 언어도 서로를 받아들이며 새로운 리듬을 만들었다.

이소연 시인의 작품을 호토리 사요 상이 낭독할 때는 나라 사슴공원의 녹음이, 이동욱 시인의 시를 이노우에 미치토 상이 읽을 때는 차가운 새벽빛이 침대 가장자리에 스며드는 장면을 상상했다. 아쉽게도 참석하지 못한 유현아 시인의 빈자리는 이마제키 리에 선생과 김승복 선생의 목소리가 촘촘히 메워주었다.

내 짝인 시미즈 선생은 대본에 없는 말을 하자 조금 당황해서 얼굴이 붉어졌다. 하지만 시간이 갈수록 침착하게 통역해주셔서 든든했다.

관객 낭독 순서도 이어졌다. 특히 구사마 고토리 시인은 여러 나라 언어를 젠가 블록처럼 쌓는 듯한 구조의 시를 읽었다. 아슬아슬하게 사유의 탑을 쌓아가는 그 과정을 지켜보는 것만으로도 흥미로웠다. 「망향」이라는 자작시를 들고 온 관객도 있었다.

이날의 특별 손님은 호시노 도모유키 소설가였다. 그는 자작시 세 편을 읽었다. 그 자리에서 시인 데뷔전을 치른 셈이다. 사실 나는 그를 이전에 한 차례 만난 적이 있다. 문래동의 한 갤러리에서 김현 시인이 연결해준 자리였다. 그날 번역가이자 화가인 김석희 선생의 개인전이 열렸고, 호시노 상은 방명록에 이름을 남기며 옆에 작은 물고기 그림을 그려 넣었다.

그 후 나는 그의 책을 찾아 읽었고 작가 소개란에 적혀 있던 문장을 떠올렸다. "다시 태어나면 난초 같은 사람이 되고 싶다." 조용한 움직임과 커다란 눈망울, 경계를 넘어 뿌리를 뻗는 상상력. 그는 정말 난초를 닮은 사람이었다.

나는 '무서운 선배'가 지켜보고 있다며 농담을 건넸다. 그가 낭독한 시는 자유롭고 생기 넘쳤다. 언어는 배꼽에서 피어나고 넝쿨은 공중제비를 돌았다. 제주 4·3과 가자 지구를 건너 멀고도 가까운 상처를 한 줄기 덩굴로 엮었다. 그의 언어는 고사리 한 줄기 위에서도 곡예 하듯 뛰어놀았다.

그 밤, 언어와 언어가 손을 맞잡았다. 그리고 맨 뒷줄에 김승복 선생이 조용히 앉아 계셨다. 나는 그 눈빛을, 오늘의 끝에 둔다.

우리가 쇼핑할 때 이야기하는 것들

시인력 1, 싱고력 99

성격을 아주 단순하게 MBTI로 구분한다면 외향형E과 내향형I이 있다. 글 쓰는 친구 중엔 내향형이 아닌 사람을 찾기 어렵다. 게다가 낯가린다는 말은 꼭 옵션처럼 따라다닌다. 그런 면에서 김현 시인과 이소연 시인은 보기 드문 외향형 시인이다.

ENFP 시인 김현과 무계획 쇼핑

패셔니스타답게 그는 단번에 자신에게 어울리는 물건을 골라냈다. 소재가 가벼운 등산 가방, 배색 조합이 산뜻한 에코백, 그리고 친구들에게 나눠줄 아기자기한 소품까지. 그는 망설임도 치밀한 계획도 없이 그저 마음 가는 대로 손을 뻗었다.

"누나, 이거 어때?"

그가 물어보면 나는 나름대로 깐깐한 분석을 보탰다. 세탁하면 금방 마를지, 팔걸이가 두꺼워 땀이 차지 않을지.

친구들을 위해 선물을 고르는 손길이 참 다정한 사람. 귀여운 물건을 볼 때마다 그는 아이처럼 감탄했다. 그러니

까, 반짝이는 물건이 먼저 반짝이는 사람을 알아보는 게
아닐까.

ENFP 시인 이소연과 가챠

이소연 시인이 가챠를 돌렸다. 표정이 약간 시무룩했다.
이 표정, 어제도 보았다. 소바 자동판매기에서 토핑을 잘못
눌러 김이 수십 장 나온 사진을 보여줬을 때도 이 표정이었
다.

"선배, 제일 못생긴 거 뽑았어요."

그가 내민 인형은 정말로 묘하게 생겼다. 나는 하마터면
진짜 괴이한 걸 뽑았다고 말할 뻔했다. 그 인형은 뭐랄까.
마치 '능글맞은 태양' 같았다. 불의 고리가 송곳니처럼 튀어
나왔고, 웃는 건지 비웃는 건지 모를 오묘한 표정. 나는 "음.
괜찮네, 뭔가 이상한 매력이 있어."라고 그를 안심시켰다.
아마 그도 내 말을 반쯤만 믿었을 것이다.

그는 만화 『원피스』 캐릭터숍에 가장 오래 머물렀다. 『원
피스』를 좋아하는 아들을 위해 루피가 그려진 티셔츠를 골
랐다. 평소에는 보조개가 깊게 파일 정도로 명랑하게 웃는
시인이지만, 아이 이야기를 할 때면 금세 엄마의 얼굴이 되
곤 한다. 그런 그의 얼굴을 짧게 훔쳐본다.

INTJ 시인 이동욱의 경우

순도 100% 극 내향형인 그는 신주쿠 스크램블 교차로에

들어서자마자 얼굴이 창백해졌다. 현지인이라고 해도 손색 없을 만큼 신주쿠와 잘 어울리는 김현 시인과 달리 이동욱 시인은 곧 방전될 기색이 역력했다. 김현과 이소연 시인이 지브리 캐릭터숍에서 "귀여워!"를 외칠 때, 돌아보니 이동욱 시인은 온데간데없었다. 서울에서도 사람이 많은 곳을 기피하더니!

우리는 가끔 다른 사람의 기분을 맞춰주려다 지쳐버리곤 하지만 그는 단호하다. 자신의 감정을 정확히 파악하고 재빨리 토끼 굴로 숨어버린다. 잠시 후, 메시지가 왔다. "먼저 간다. 놀다 와."

나는 아무것도 사지 않은 그에게 '포뇨' 열쇠고리를 선물로 주었다. 포뇨를 볼 때마다 나를 떠올리라고 했더니 그는 포뇨를 툭 치며 "금방 고장나겠네."라고 말했다. 그 말이 마음에 들었지만 너무 쉽게 웃어주면 지는 기분이 들어서 웃지 않았다.

현재의 질문이 미래가 될 수 있다면

시인력 80, 싱고력 20

친구들이 떠났다. 생각의 실타래를 차분히 풀어보기 좋은 저녁이다.

엊그제 시 파티 뒤풀이 자리에서 쇼가쿠칸 편집자인 가시와바라 상과 나눈 대화가 다시 떠올랐다. 한일 교류회 이야기였다. 그는 한일 양국의 작가들과 함께 서대문형무소와 DMZ를 방문했던 경험을 들려주었다. 일본 작가들은 그 현장에서 영감과 죄책감이 한꺼번에 밀려왔다고 했다. 대화가 진지해지자 통역을 맡은 이마제키 리에 선생의 목소리도 바빠졌다. 나는 고개를 끄덕이며 윤동주 시인의 「쉽게 씌어진 시」를 이야기했다. 그 시의 "육첩방"이 지금 내가 머무는 6조 다다미방과 같은 크기라고. 그 공간에 있으면 생각이 자꾸 과거 쪽으로 기운다고.

과거는 어떻게 현재로 들어오는가.

내가 직접 겪은 적 없는 시간인데도 때로는 몸속에 각인된 감각처럼 되살아날 때가 있다. 있는 줄도 몰랐던 피붙이를 갑자기 알아보는 느낌. 마치 몸속 유전자의 배열처럼 과거가 현재의 세포에 새겨져 있는 듯하다.

특별한 애국심 때문은 아니다.

그러나 일제강점기를 살다 간 문인들을 떠올릴 때면 명치끝이 묵직해진다. 우리말로 시를 쓰지 못했던 그 비참함과 울분을 나는 과연 어디까지 가늠할 수 있을까. 그 무거운 역사를 우리는 어디까지 말하고 어디부터 침묵해야 하는 걸까.

그럼에도 나는 질문하게 된다.

나는 무엇을 대신 말할 수 있고 무엇을 끝내 말할 수 없을까. 아픈 역사를 품은 채 시를 쓴다는 것은 어떤 소명인가. 역사는 기억되기를 원하는가? 아니면 용서받기를 원하는가? 그리고 지금의 질문 하나가 누군가의 내일에도 남을 수 있을까. 한 사람의 질문이 과연 모두의 질문으로 확장될 수 있을까.

생각이 깊어진다. 그러나 적어도 한 가지는 분명하다. 내가 일본에 와서 정말 나누고 싶었던 대화는 바로 이런 이야기라는 점이다.

조용한 밤이다.

다시, 광장에서

시인력 88, 싱고력 12

1997년, 나는 처음으로 대통령을 뽑았다. 그리고 2025년, 생애 여섯 번째 투표를 위해 처음으로 재외국민 투표소를 찾았다. 도쿄 아자부주반 한국 영사관으로 갔다. 약속 시간보다 조금 일찍 도착해 지하철 계단을 오르는데 뒤에서 누군가가 불렀다.

"앗, 일찍 일어나는 새가 여기 또 있었군요."

김승복 선생이었다. 그 목소리를 듣는 순간, 내 안의 시간이 두 갈래로 갈라졌다. 하나는 30여 년 전의 광주로, 다른 하나는 불과 몇 달 전 그날 밤으로.

2024년 12월 3일 밤 10시 30분 무렵. 유튜브를 켜고 맥주를 따려던 찰나, 화면 하단에 자막이 떴다. "긴급 대국민 담화—윤석열 대통령, 비상계엄 선포." 처음엔 가짜 뉴스라고 생각했다. 허위 정보가 일상이 된 시대였고 정치적 허풍이 진실을 삼키던 나날이었다. 그러나 이번은 달랐다. '계엄령'이라는 단어가 머리를 때렸다. 나는 잠시 멍해졌고, 거의 반사처럼 1980년 광주가 떠올랐다. 설마, 이 단어가 다시 돌아오다니.

그 순간, 박근혜 탄핵 정국 때 광장을 함께 행진했던 친구들이 떠올랐다. 우리는 분명 한 걸음 전진했다고 믿었지만 어쩌면 되레 퇴행하고 있었는지도 모른다. 목덜미가 서늘해졌다.

나는 정치를 멀리해왔다. 아니, 정치가 오히려 나를 밀어낸 적이 더 많았다. 선거철이면 사람들은 기대와 분노로 들끓었지만 나는 늘 그 열기 밖에 있었다. 텔레비전 속 빨강과 파랑 어디에도 속하지 못한 채 리모컨을 내려놓았다. 선택은 했지만 기대는 별로 하지 않았다. 내 표는 늘 '차악'을 고르는 자포에 가까웠다. 무력감이 마음 한편에 깊숙이 자리 잡고 있었다.

하지만 계엄령은 달랐다. 국가 폭력을 대통령이 직접 공식화했다. 그것은 실망이나 분노가 아니라 실존적 공포였다. 가족과 친구, 나 자신마저도 보호받지 못할지 모른다는 두려움이 밀려왔다. 나는 그 두려움을 외면하지 않기로 했다. 쌓여 있던 피로와 무력감을 마주하려면 용기가 필요했다.

며칠 뒤, 친구들과 여의도 광장에 나갔다. 누군가는 방탄소년단, 또 다른 이는 아이브의 응원 봉을 들었다. 나는 '탄핵'이라는 글자가 박힌 응원 봉을 주문 제작해 들었다. 누구도 뒷걸음질 치지 않았고, 누구도 목소리를 낮추지 않았다. 광장은 무대 같았다. 축제처럼 사람들로 가득했고, 불규칙한 대오를 이뤄 당당하게 한 걸음씩 나아갔다.

로제의 노래에 맞춰 응원 봉을 흔들던 중년 남성이 피자 빵을 건넸다. 그 온기가 손끝까지 전해졌다. 누군가는 핫팩을 나눴고, 누군가는 자발적으로 호외를 돌렸다. 문득 코끝이 찡해졌다.

정치가 이렇게 다정할 수도 있다니.

그 사실이 낯설었고, 그래서 더 감격스러웠다. 광장은 단순히 분노가 모이는 자리가 아니었다. 매 순간 새로운 역사가 쓰이는 살아 있는 문장 같았다.

12월 14일, 탄핵소추안이 가결됐다. 이듬해 4월 4일 오전 11시, 탄핵 심판이 선고됐다. 우리는 지쳤고 피곤했지만 그럼에도 그 시간을 견디게 해주었던 건 폭력이 아닌 상상력, 두려움이 아닌 연대의 힘이었다.

그러나 광장은 단일하지 않았다. 균열과 갈등이 있었다. 누군가는 "대통령을 끌어내리는 게 무슨 민주주의냐"라고 외쳤고, 어떤 어르신은 "젊은 애들이 아무것도 모르고 아르바이트 시켜서 나온 거야"라고 탄식했다. 나는 못 들은 척했지만 '우리'라는 말이 이토록 낯설 수 있다는 사실도 외면할 수 없었다. 무지개 깃발을 든 사람들을 향해 어떤 학생들은 장난스럽게 조롱하기도 했다. 그들은 탄핵에 열렬했지만 퀴어에 대한 거부감은 숨기지 않았다. 같은 광장에 있었지만 그 안의 민주주의는 서로 다른 얼굴이었다.

바로 그 충돌 속에서 나는 시대의 얼굴을 다시 봤다. 완전한 합의가 아니라, 불편한 차이를 견디는 쪽에서 민주주의는 진행 중이었다.

예전의 나는 '국뽕'이나 '국수주의'라는 말을 냉소적으로 바라보던 사람이었다. 정치에 감정을 섞는 일을 촌스럽게 여겼다. 하지만 그날만은 달랐다. 서로 다른 응원 봉을 들고 우리는 같은 방향으로 걸었다. 그것이야말로 민주주의였다. 단일하지 않은 정의를 품고, 충돌하면서도 나아가는 것.

완벽한 선택은 없다. 하지만 포기할 이유도 없다. 광장은 사라지지 않는다. 형태가 달라질지라도 그 정신은 언제든 되살아난다. 내가 앞으로 어떤 문장을 쓰게 될지 알 수 없지만, 그때와 마찬가지로 나는 다시 광장에 설 것이다. 투표를 마치고 시계를 보니 오전 10시. 손목에 투표 인증 도장을 꾹 눌러 찍었다.

시와 번역, 그 침묵의 자리에서

시인력 80, 싱고력 20

어제 투표를 마친 뒤, 시미즈 선생과 시집 번역에 관한 미팅을 가졌다. 다섯 시간 가까이 이어진 그 자리는 회의라기보다 고백에 가까웠다. 선생은 주로 듣는 쪽이었다. 아이러니하게도 나는 말을 하면서 점점 더 침묵 쪽으로 기울었다.

시집을 출간하고 나면 다시 펼쳐보지 않는 편이다. 행사 등을 계기로 시집을 다시 읽게 될 때면 내가 쓴 문장이 낯설 때가 있다. 기억이 나를 배반하는 듯 '이 문장을 정말 내가 썼던가?' 하고 한 발짝 물러서게 된다. 선생과의 대화는 바로 그 낯섦과 마주하는 시간이었고, 시 한 편씩 짚어갈 때마다 그 감정은 더 또렷해졌다.

미팅을 마치고 집으로 가는 길, 마음 한편이 복잡하게 일렁였다. 그것은 기분이라기보다 고백이라는 행위가 지닌 특유의 쓸쓸함에 가까웠다. 나는 종종 시를 쓴 뒤, 어딘가에 발가벗겨진 채 서 있는 느낌을 받는다. 언어가 나를 감싸기보다는 오히려 벗겨내는 것처럼 느껴질 때가 있기 때문이다.

병치라는 해석 방식 역시 그러하다. 그것은 시에 철학의 깊이를 부여하고 의미의 지평을 넓히는 유효한 방법이지만, 동시에 정서 위에 과도한 사유를 덧입히거나 존재하지 않던 무게를 만들기도 한다. 때로는 의미를 지나치게 도식화하거나 단순화하는 위험도 있다. 번역은 그 사이의 경계를 더듬으며 균형을 겨우 잡아내는 일이다.

결국 번역은 어느 정도의 오독을 감수하면서라도 시의 '결'을 지키려는 조심스럽고 불완전한 시도일까. 나는 '완전히 이해했다'는 말보다, '이해하려고 오래 머물렀다'는 말 쪽에 서고 싶다. 그 지점에서 멈춰 선다. 선생도 비슷한 지점에서 깊이 고민하고 계실 거라 믿는다.

시집 속의 시를 썼던 나와 지금의 나는 다르다. 어쩌면 조금 더 어두워졌을 수도, 아니면 조금 더 투명해졌을 수도 있다. 중요한 것은 우리가 그 시간을 어떻게 기억하려 애썼는가를 묻는 마음일 것이다. 그리고 그 마음을 서로 다른 언어로 어루만지려는 태도. 그것이 번역의 시작이자 시를 대하는 가장 소박한 윤리인지도 모른다.

수줍게 건넨 선물

시인력 55, 싱고력 45

이 일기를 번역 중인 리애 상이 스페이스 다다에 왔다. 시 파티 때 선물을 전하고 싶었지만 용기가 나지 않았다고 했다. 통역 마이크 앞에서 단단하고 야무졌던 그가 오늘은 조금 수줍어 보였다.

나도 그 마음을 안다. 무대 앞에서 마이크를 잡았을 때와 집 안으로 들어갔을 때의 마음. 무대 앞에서의 단호함과 일상에서의 맨얼굴은 단차가 있다. 나도 그런 전환에 익숙한 사람이다.

그가 건넨 선물은 고양이 모양의 도자기 화분에 심을 수 있는 허브 키트였다. 고양이 화분은 목과 몸통이 분리된 구조였다. 몸통의 물은 심지를 타고 천천히 흙으로 스며들었다. 멈추지 않지만 서두르지도 않는 속도로. 그는 이런 선물이 부담이 될까 걱정했지만 나는 오히려 이런 종류의 선물을 오래 기다려온 사람처럼 기뻤다. 식물을 좋아하면서도 자주 시들게 하는 나에게, 어쩌면 가장 오래 바라보게 되는 것은 '꽃'보다 이런 '심지' 같은 것인지도 모른다.

대화는 시와 포엠의 차이로 이어졌다. 일본에서 '시詩'는

전통적 문학이고 '포엠ポエム'은 다소 감각적이고 가벼운 인상이다. 한국에서는 구분이 없지만 일본에서는 결이 다르다.

나는 조심스레 물었다. "일본 작가들은 정치 이야기를 자주 하지 않나요?" 한국은 곧 대선을 앞두고 있고, 탄핵이 통과된 직후라 뜨거운 시기다.

리애 상이 조용히 말했다. 일본에선 '정치는 정치인이 하는 일'이라는 분위기가 있다고.

이야기는 자연스레 '폴리코레ポリコレ'로 흘렀다. 처음엔 '보릿고개'로 들렸지만, 알고 보니 Political Correctness의 일본식 발음이었다. 한때 윤리적인 올바름을 뜻하던 말이 지금은 조롱의 뉘앙스를 띤다고 했다. 한국에서도 비슷한 말이 있다. "피시PC하다."

얼마 전 시 파티에서 나는 「귀로」를 낭독했다. 그날의 공기가 청중에게 어떻게 닿았을까. 어색함? 공감? 그 사이 어딘가. 나는 바랐다. 정치가 단지 목소리의 크기나 진영 싸움이 아니라 세상을 보는 언어의 구조를 묻는 일이 되기를.

한국은 그런 시절을 지나왔다. 말하지 않음이 방조가 되는 시대, 발화가 윤리였던 시간. 1980년대 운동, 2010년대 SNS를 지나 촛불 집회로 이어진 흐름까지. 시민 정치는 이제 일상의 언어가 되었다.

가끔 아주 진부한 질문이 다시 온다. 시가 정말 세상을 바꿀 수 있을까. 여전히 답은 모른다. 그러나 어떤 시는 사람이 이해하기 전에 먼저 떨린다는 사실만은 믿는다.

이렇게 한국과 일본은 가까우면서도 멀다. 막히는 지점과 스며드는 지점이 공존한다. 나는 둘을 잇는 심지를 본다. 싹은 아직 올라오지 않았지만 물은 이미 차오르고 있다.

궁극의 안미츠를 맛보고 싶다

시인력 빵점, 싱고력 Max

넷플릭스와 야식은 찰떡궁합이다. 마감을 끝낸 밤이면 뇌를 잠시 꺼두고 달콤한 것을 입에 넣고 싶다. 그럴 땐 〈세일즈맨 칸타로의 달콤한 비밀〉(이하 칸타로) 만한 것이 없다. 한국에 있을 때도 몇 번이나 봤던 그 드라마. 싱고력이 우세할 때면 이 드라마를 찾곤 했다. 유치한데도 웃기고 엉뚱한데도 중독성이 있다.

가끔은 칸타로가 먹던 '그 구성 그대로'의 안미츠를 현실에서 맛보고 싶어진다. 한천, 통팥, 완두콩, 경단, 계절 과일, 그 위로부터 구불구불 흘러내리는 흑설탕 시럽. 그는 그것을 "달콤한 우주"라 불렀다. 첫입을 떠먹으며 "뜨오와!" 하고 신음하듯 감탄하고, 초현실적인 단맛의 차원으로 건너간다. 유치한 것을 좋아하는 편이라, 과장된 표정 연기가 익살스럽고 재미있다.

이 시리즈는 찹쌀떡처럼 하나씩 아껴 먹을 때 비로소 제맛이 난다. 달콤함은 늘 그렇다. 넘치면 금방 물리고 쉽게 얻으면 금세 시시해진다. 하긴 단맛만이 아니라 모든 것이 그렇지 않은가.

〈오징어 게임〉과 같은 작품이 식사라면 〈칸타로〉는 정제된 후식에 가깝다. 하루치 업무를 신속하게 끝내고 단 하나의 디저트를 향해 박력 있게 달려가는 칸타로 상. 완벽하게 딱 떨어지는 그의 '슈트 핏' 역시 놓칠 수 없다. 그러니까 넷플릭스, 일해라. 〈칸타로〉 시즌 2를 어서 내주세요. 칸타로가 아니라면 그 달콤한 우주에 누가 나를 데려가줄 수 있겠어요.

기억은 곧 감정이고,
감정은 종종 웃기다

시인력 5, 싱고력 95

노란 장미와 김승복 선생의 킁카킁카

구단시타를 걷고 있었다. 시미즈 선생, 김승복 선생, 그리고 나. 길가에 노란 장미가 피어 있었다. 김승복 선생이 갑자기 장미 앞에 멈춰 서더니 아주 진지하게 장미에 코를 들이댔다. 킁카킁카.

아이처럼.

그 순간 장미보다 김승복 선생이 더 환했다. 나는 그 벌름거리는 코에 반했다. 장미 향을 들이마시고 나서 김승복 선생은 말했다.

"내가 전생에 장미였어요."

그 말만 빼면 완벽했는데. 옆에 서 있던 시미즈 선생도 얕게 한숨을 쉬었다.

왼손과 오른손 사이

시 파티 뒤풀이 때, 호시노 상이 시도 쓰고 소설도 쓰는 이동욱 시인에게 물었다.

"시 쓸 때와 소설 쓸 때는 무엇이 다른가요?"

이동욱 시인은 잠시 뜸을 들이다가, 번역기를 들고 말했다.

"시는 오른손으로 쓰고, 소설은 왼손으로 씁니다."

그 자리에 있던 사람들 모두가 터지듯 웃었다. 나도 웃었다. 그가 생각보다 재치 있는 말을 해서 약간 배가 아팠다. 김현, 이소연 시인과 나는 주저 없이 야유를 퍼부었다. 칭찬은 한 명으로 충분하니까.

제도용 샤프와 천사의 등

시미즈 선생의 샤프를 빌려 썼다. 손에 착 감기고 묵직해서 마음에 들었다.

"건축가들이 쓰는 제도 샤프예요."

선생이 말했다.

며칠 뒤, 선생이 뭔가를 내밀었다. 내가 마음에 든다고 말했던 바로 그 제도 샤프. 나는 선생의 등을 보았다. 천사의 깃털 하나쯤 튀어나와 있지 않을까 싶어서. 아직 발견하지 못했다. 하지만 언젠가는.

리본 묶은 다시마

시미즈 선생과 같이 간 로바타야키 식당에서 다시마절임이 나왔다. 새끼손가락 한 마디만 한 크기. 그 작은 조각을 리본처럼 묶은 정교한 매듭. 일본인들은 주머니에 팅커벨을 넣고 다니는 게 틀림없다. 이렇게 작고, 정성스럽고, 귀여운 디테일이라니. 이것은 요정의 핑거다. 나는 입으로는 다시마절임을 삼키고, 눈으로는 그 앙증맞은 미학을 삼켰다. 아, 졌다. 귀여운 건 반칙이야.

공짜 커피의 맛

벨로체라는 이름의 카페로 작업을 하러 갔다. 테이블에 붙은 큐알QR 코드를 아무 의심 없이 스캔했는데 메뉴판은커녕 아무 화면도 뜨지 않았다. 몇 번을 시도하다 결국 옆자리 사람에게 말을 걸었다. 대학생처럼 보였다.

나는 거의 기어들어가는 목소리로 말했다.

"주문 이타다케마셍… 홋또 코히… 호시이데스…(주문이 안 돼요. 따뜻한 커피가 필요해요.)"

그는 말없이 자리에서 일어나 카운터로 갔다. 직원에게 몇 마디 설명하는 것 같았다. 잠시 뒤, 그가 커피가 놓인 쟁반을 들고 돌아왔다. 나는 황급히 일어서며 말했다.

"고멘나사이, 고멘나사이…"

민폐의 화신이 된 기분이었다. 커피값을 건네려 했지만 그는 괜찮다며 손사래를 쳤다. 더 사양하면 오히려 예의가 아닐 것 같아 결국 커피를 받았다.

내가 찍은 큐알 코드는 주문서가 아니라 구인 광고였다. 어쩐지. 얼굴이 뜨겁게 달아올랐다. 알고 보니 그는 대학생이 아니었다. 도쿄학예대학 대학원에 다니는 교사였고 테이블 위에는 서예 도록이 놓여 있었다.

그는 자신이 작업한 서예 작품을 SNS로 보여주었다. 명함을 건네받고, 뭔가 답례를 하고 싶어 가방을 뒤졌지만 아무것도 없었다. 시집 한 권이라도 있었으면 선뜻 건넸을 텐데. 결국 종이에 시 한 편을 필사해 건넸다. 그는 과분하다며 몇 번이나 고개를 숙였다.

그는 8월에 한국을 방문한다고 했다. 사범대 간 교류 프로그램이라며, 일정표에는 명동, 평양냉면, 리움미술관이 적혀 있었다.

나는 조심스레 물었다. "이 이야기를 일기로 써서 공개해도 괜찮을까요?" 그는 웃으며 선뜻 허락했다. 혹시 이 글을 보고 계시나요? 그날 공짜 커피를 건네주신 덕분에 제 하루가 조금 더 따뜻해졌습니다.

센슈대학교 앞을 걸으며

시인력 70, 싱고력 30

센슈대학교 앞을 걷는다. 대학 옆 골목을 지나던 중 시인 이상의 얼굴이 떠올랐다. 권영민 평론가의 연구에 따르면 그의 마지막 거처는 진보초의 이시카와 씨네 하숙집이었다. 지금은 그 자리에 센슈대학교가 들어서 있다.

나는 대학 건물을 올려다보며 가늠한다. 어쩌면 2층 어딘가, 작고 어두운 방에 그가 있었을 것이다. 그 방에는 어떤 문장이 있었을까. 어떤 종류의 절망이, 혹은 끝내 쓰이지 못한 문장들이, 어디에 몸을 눕혔을까.

그때 떠오른 단어는 '단절'이었다. 한국 시인들의 작품은 일본에 거의 소개되지 않았다. 마찬가지로 일본 현대시가 한국에 닿는 경로도 놀라울 만큼 좁다. 물론 소설은 꽤 활발하게 번역되었지만. 나 역시 일본 시를 많이 접하지 못했다. 다니카와 슌타로, 이바라기 노리코 등, 몇 권의 번역 시집이 내가 접해온 얇은 경로였다. 이 단절은 단순히 언어 장벽이나 출판 시장의 차이로는 설명되지 않는다. 식민지 경험이 남긴 감정의 침전, 외교적 긴장, 그리고 시간 속에서 굳어진 거리감이 그 틈을 더 벌려놓았을 것이다.

그렇다면 일본의 경우는 어떨까. 일본 현대시는 주로 동인지 중심으로 조용히 순환한다. 공모전, 자비출판, 소규모 인쇄, 낭독 모임. 대중적인 시 형식은 오히려 단카短歌다. 짧은 정형시 한 줄이 독자의 일상 속 깊이 스며드는 방식. 많은 학생들이 신문사의 단카 공모전에 응모하고, SNS에는 단카가 꾸준히 공유된다고 한다. 즉, 일본에서 단카는 '생활의 언어'로 작동하기도 하지만, 현대시는 여전히 '예술가의 언어'로 남아 있다는 인상이다.

한국은 정말 '시의 나라'인가. 이전의 나는 쉽게 동의하지 못했다. 그러나 이곳에 와보니 그 말이 무엇을 가리키는지 조금은 다르게 들린다. 시를 읽는 사람의 수보다 중요한 것은 '사람들이 시를 어떤 방식으로 받아들이고 있는가', 하는 점이었다. 시가 단순히 문학적 소비의 대상에 그치는 것이 아니라, 일상의 말과 감각 옆에 얼마나 붙어 있는가.

한국에서는 여전히 시가 유통되고, 팔리고, 낭독된다. 낭독회, 북토크, 작은 음악회 같은 형식으로 시는 사람들의 삶에 자연스럽게 흐른다. '시의 나라'라는 말이 시의 언어가 사회의 감각과 가까운 곳에 스며 있음을 뜻하는 표현이라면, 한국은 그런 곳일지도 모르겠다.

이상 시인이 마지막으로 머물렀던 자리. 지금은 작은 흔적도 남지 않은 그곳에서 나는 다시 묻는다. 단절의 틈을 문학은 어떤 속도로 건널까.

당신의 운이 되고 싶습니다

시인력 49, 싱고력 51

어제 시미즈 선생과 마지막 번역 미팅을 했다. 기치조지로 향하는 전철 안에서 나는 진행 방향을 착각해 한참 뒤에야 반대편으로 달리고 있었다는 사실을 알아차렸다. 별일 없이 흘러가던 하루가 이런 작은 어긋남 하나로 낯선 풍경 속에 나를 세워두곤 한다. 선생을 오래 기다리게 해서 죄송스러웠다.

시미즈 선생은 이번에도 새로운 장소로 나를 이끌었다. 일종의 새로운 동네 도장 깨기처럼. 예전에 지영 매니저와 함께 시미즈 선생의 한국식 이름을 지으며 장난을 친 적이 있다. 그때 우리는 '순애'라는 이름이 어울린다며 웃었다. 하지만 김승복 선생은 고개를 저었다.

"모르셔서 그래요. 순하지 않아요. 순애는 절대 아니라고요."

김승복 선생은 그 이름이 품은 '순한 이미지'와 실제의 간극을 짚은 듯했다. 그럼에도 나에게 시미즈 선생은 여전히 '순애'였다. 선생이 가진 다정한 집중, 그건 순애라는 이름의 다른 쪽 얼굴이었다.

기치조지역에서 도보 3분, 지하에 숨어 있는 가게로 향했다. 간판조차 눈에 띄지 않았고 외국인 관광객은 한 명도 없었다. 계단을 따라 사람들이 길게 늘어서 차례를 기다리고 있었다. 지하로 내려가는 길은 어두컴컴해서 마치 튀르키예의 데린쿠유 지하 도시로 들어서는 것 같았다. 잊고 있던 누군가의 오래된 마음속으로 들어가는 듯한 느낌.

철문 두께가 거의 이십 센티미터쯤 되어 보였다. 나는 우스갯소리로 "이건 거의 방공호네요."라며 차례를 기다렸다.

가게 이름은 구구쓰소우くぐっ草였다. '구구쓰くぐっ'는 꼭두각시를 뜻한다고 시미즈 선생이 알려주었다. 메뉴판은 낡은 가죽 바인더에 꽂힌 종이였는데, 얼룩지고 빛이 바래 마치 파피루스 같았다. 입구에 비치된 팸플릿을 보니 그곳은 마리오네트 극단이 연 카페였다. 정작 선생은 꼭두각시가 아니라 마리오네트였다는 점에서 살짝 실망한 눈치였다. 세 번째 시집의 후반부에 실린 시가 「꼭두전」이라, 이 가게가 그 시의 연장선처럼 느껴지길 기대하셨던 것 같다. 하지만 건포도가 박힌 깊고 진한 카레의 풍미는 그런 아쉬움을 충분히 상쇄해주었다.

시미즈 선생은 조용히 듣는 사람이다. 단순히 "아, 네." 하고 맞장구치는 것이 아니라, 눈빛으로 먼저 듣는다. 말의 앞과 뒤, 그리고 말하지 않는 사이까지 함께 바라보는 방식으로 듣는다. 그래서 나도 모르게 방심하게 된다. 과장하거나 듣기 좋은 말만 골라 하지도 않는다. 오히려 담백한 얼굴로 듣다가 어느 순간 부드럽고 예리한 질문을 툭 던진다. 그럴 때면 나는 속으로 움찔하게 된다.

'아, 선생은 진짜로 듣고 있구나.'

번역 회의 중엔 종종 종교와 철학 이야기가 나왔다. 「에코」라는 시를 분석하고 있을 때 대각선에 앉은 중년 남성이 의아한 표정으로 우리를 봤다. '저 사람들은 대체 무엇을 두고 저토록 간절히 말하고 있을까.'라는 순수한 의문이 담긴 눈빛이었다. 그 눈빛 속에서 나는 어느새 사이비 교주가 되어 있었고, 시미즈 선생은 순진한 신도가 된 것 같았다. 그런데 회의를 네 번쯤 마치고 문득 깨달았다. 정작 설득당한 쪽은 나였다.

우연히 찍힌 사진 속에서 시미즈 선생은 하늘을 향해 두 손을 들고 있었다. 마치 기도하는 교주 같았다. 나는 그 사진을 보고 장난삼아 '순애교'의 교주님이라 부르기 시작했다. 교주 순애. 언어는 종종 농담 속에 진실을 흘린다.

카레를 먹고, 우리는 작은 어묵 가게에 들렀다. 주인은 어묵 가게 안에서 담배를 피우며 조리 중이었다. 서울에선 좀처럼 보기 힘든 풍경이었다. 순간 당황했지만, 어묵을 베어 무는 순간 모든 판단이 뒤로 밀렸다. '인생 오뎅'이라는 진부한 표현이 절로 나왔다.

작년에 시미즈 선생이 박경리 선생의 『토지』 스무 권을 요시카와 나기 선생과 공동으로 완역해냈다는 소식을 들었다. 십 년 가까운 시간을 한 문장 옆에 붙들어놓는 일은 언어를 옮기는 기술을 넘어 거의 신념에 가까운 지속이다. 그 시간의 무게를 생각하면 박수조차 조심스러워진다.

언젠가 시미즈 선생의 낯빛이 조금 쓸쓸해 보인 적이 있다. 그 모습이 마음에 남았다. 번역 회의가 끝난 것을 기념해 맥주잔을 부딪치며 나는 말했다.

"선생님의 운이 되어 드리고 싶어요."

이 말은 선생을 향한 개인적인 감정의 고백이 아니라 약속에 가까운 말이었다. 그런 말을 하게 만든 사람은 선생이 처음이었다.

식물처럼 사랑하라

시인력 9, 싱고력 91

며칠 전, 리애 상이 선물한 고양이 허브 키트에 씨앗을 심었다. 화분의 이름은 '보리'. 이름을 붙이는 일은 어쩌면 작은 관계를 받아들이는 일이다. 손바닥만 한 화분이지만 그 안에서 어떤 이야기가 시작될지도 모른다.

허브를 심은 순서는 다음과 같다.

1. 물받이에 물을 채우고 심지를 화분 아래에 끼웠다. 심지는 젖어들며 물을 천천히 끌어올리기 시작했다.

2. 동봉된 배양토에 물을 붓자 흙이 순식간에 볼록 부풀어 올랐다.

3. 씨앗이 너무 작아서 손으로 잘 잡히지 않았다. 이쑤시개로 배양토 표면을 가볍게 헤치고 그 위에 씨앗을 뿌렸다. 표면은 분무기로 살짝 적셨다.

4. 랩을 씌워 화분 윗부분을 밀봉하고 따뜻한 바닥에 놓아두었다. 스페이스 다다. 우주선처럼 생긴 보일러 옆에.

첫날 밤, 겉으론 아무 변화가 없었다. 그러나 흙 아래에서는 이미 다른 시간이 시작되었을 것이다. '물을 너무 많이 줘서 실패하면 어쩌지?' 하는 불안도 있었지만, 곧 흘려보냈다. 랩 안쪽에 작은 물방울이 맺혀 있었기 때문이다. 식물의 정말 작은 숨이었다.

이틀째 밤, 흙 위로 연둣빛 돌기 하나가 솟아올랐다. 자세히 보니 주먹을 맞댄 듯 아주 작은 떡잎 두 장이 붙어 있었다. 세상에 첫인사를 건네는 방식이 이렇게 연하고 조용하다니. 시간이 지나면서 떡잎이 천천히 벌어졌다.

떡잎은 자연스레 빛 쪽으로 몸을 기울였다. 태양은 움직이지 않지만 식물은 언제나 자기 중심의 각도를 미세하게 조정해 그쪽으로 나아간다. 그래서 하루는 바깥쪽, 다음 날은 안쪽을 향하도록 화분의 방향을 바꿔주었다. 허리가 휘지 않도록. 그렇게 '보리'는 하루 단위의 기울기로 자라고 있다.

칙, 칙. 물을 뿌린다. 이 가느다란 싹은 물 한 방울도 머리에 얹지 못할 만큼 여리다. 그런데도 꾸준하고도 성실히 자신을 태양 쪽으로 들어 올린다. 이것이 식물이 사랑하는 방식이다. 소리를 높이지 않고 존재의 방향으로 대답하는 사랑. 온몸인 사랑. 우아하고 조용하다.

책거리 서점 일일 점장의 날

시인력 70, 싱고력 30

오늘은 책거리 서점에서 일일 점장을 맡았다. 세 명의 독자와 마주 앉아 각각 '한 사람을 위한 시'를 골라 낭독했다.

첫 번째 손님과 고양이 이야기를 나누었다. 한 마리는 무지개 다리를 건넜고, 남은 한 마리는 열다섯 해째 곁을 지키고 있다 했다. 사랑은 언젠가 상실로 귀결된다는 점에서 고통과 동의어일지도 모른다. 그 사실을 누구나 알고 있지만, 막상 그 순간 앞에 서면 어찌할 수가 없다. 매번 처음처럼.

눈물을 비치던 그에게 나는 삼 년 전 떠나보낸 둘째 고양이 이야기를 조심스레 꺼냈다. 눈 오는 날 창밖을 오래 바라보던 고양이. 늠름한 덩치에 어울리지 않게 겁이 많았던 고양이. 초겨울 새벽, 축 늘어져 차갑게 식어버린 나의 고양이. 둘째 고양이는 콧등에 스치는 눈처럼 짧고도 깨끗하게 살다 떠났다.

그와 함께 사는 고양이는 열다섯 살이라고 했다. 그 숫자에 깃든 예감을 나도 어렴풋이 알 것 같았다. 그는 교정과 교열을 업으로 삼고 있었다. 문장과 슬픔이 교차하는 자리엔 언어보다 촉각에 가까운 감각이 요구된다. 그는 그런 섬세한 결을 조심스레 쓰다듬는 사람처럼 보였다. 그가 한 말이 마음에 남는다. "아직도 고양이가 등장하는 글은 잘 읽지 못합니다."

곧 서점을 연다는 두 번째 손님은 직접 책장을 짜며 공간을 하나씩 채우고 있다고 했다. 서점 이름을 맞혀보라며 힌트를 주었고, 나는 퍼뜩 '윤슬'이라는 단어가 떠올랐다. 단번에 맞혔고, 놀란 쪽은 오히려 나였다. 윤슬. 별을 튀겨낸 듯한 단어. 그의 공간도 그런 느낌일까. 그의 이름은 '아이'. 한자로는 사랑 '애愛'라 했다. 나는 「흰 개」라는 시를 골랐다. 서점 밖을 지나가는 흰 개, 언덕 너머 반짝이는 바다, 그리고 그림자처럼 그 앞을 조용히 지나가는 할머니. 그의 서점도 물결처럼 잔잔한 빛이 스며드는 공간이기를.

아이 상이 보여준 로고 시안 중, 나는 '윤슬'의 초성인 이응과 시옷이 그려진 안을 골랐다. 물방울과 야트막한 언덕이 겹쳐진 형태. 일본에 다시 와야 할 이유가 하나 더 생겼다.

세 번째 손님은 점심시간을 쪼개 찾아왔다. 그는 신문사에 다닌다고 했다. 요즘 자주 떠오르는 단어가 뭐냐 묻자, '료코우りょこう'(짧은 여행)라 답했다.

잠시 고민한 끝에 나는 「서울, 273 간선 버스」라는 시를 골랐다. 그리고 서울로 여행하게 된다면 273번 버스를 타보라고 권했다. 홍익대에서 성균관대, 고려대, 경희대까지 서울의 여러 대학을 거치는 노선. 누군가에겐 일상의 통근길이지만, 그에겐 새로운 내면의 여정이 될 수도 있겠다.

그는 몇 해 전 부모를 떠나보냈다고 했다. 낭독한 시가 아버지를 향한 것이었기에 이야기도 자연스레 그쪽으로 흘렀다. 더 읽고 싶은 마음이 들어, 산문집 『다시 살아주세요』에서 한 구절을 덧붙였다.

상실은 언제나 단독적이다. 누구도 동일한 방식으로 아플 수 없다. 그러나 시는 그 완강한 세계에 가느다란 다리를 놓는다. 우리는 그 틈새로 흘러든 빛줄기를 따라 아슬아슬하게 걷는다. 한 걸음씩, 한 계단씩.

사랑은 원고지 한 칸에 함께 갇히는 일

시인력 89, 싱고력 11

아케보노바시역 개찰구를 빠져나왔다. 요초마치공원을 향해 걸었다. 박열 열사와 가네코 후미코, 이봉창 의사가 옥살이했던 곳이다. 지금은 낡고 조용한 놀이터지만, 한때 교수대가 놓여 있던 자리였다. 인간의 마지막 숨이 깃들었던 공간. 그리고 국경을 넘은 사랑이 잠시 머물렀던 곳이기도 하다.

공원에 가기 전, '무츠미'라는 이름의 꽃집에 들렀다. 일본도 작약이 한창이었다. 주먹만 한 작약이 가장 먼저 눈에 들어왔다. 국화가 죽음을 뜻한다면 작약은 수줍은 사랑을 상징한다. 나는 그들의 가장 환했던 시절을 애도하고 싶었다. 그래서 국화보다 작약을 골랐다. 꽃을 고르자 주인 할아버지가 작약 한 송이를 덤으로 얹어주며 말했다. "사-비스." 옆에 있던 할머니가 눈을 흘기며 웃었다. 오랜 시간을 함께 산 이들만이 지닐 수 있는 어떤 합의처럼 보였다. 그러다 영화 〈박열〉의 한 장면이 스쳤다. 박열과 후미코는 어느 지점에서 서로를 받아들였을까. 꽃다발을 들고 공원으로 향하면서 영화 속의 장면을 복기했다.

요초마치공원은 주택가 옆에 붙어 있었다. 노란 조끼를 입은 유치원생들이 줄지어 지나갔다. 공원을 가로지르자 분리수거장 옆에 위령비가 서 있었다. 구석에 있어서 처음엔 발견하지 못했다. 이치가야형무소에서 사형이 집행된 이들을 기리는 돌비석. 향 하나 놓이지 않은 초라한 비석이었다. 그러나 그런 사소한 표식이야말로 역사가 완전히 지워지는 것을 간신히 막아주는 장치이기도 하다. 꽃을 내려두고 묵념했다.

'늦게 와서 미안합니다.'

그 말은 입 밖으로 나오지 않았다.

녹슨 그네에 앉자 쇠사슬이 끼익 소리를 내며 울렸다. 나는 요요기 언덕을 떠올렸다. 그들이 함께 노숙했던 자리. 가장 가난한 방식으로 사랑했던 곳. 감옥은 그들의 육신만 가둘 뿐, 정신은 여전히 자유로웠다. 그들은 서로에게 단카를 남기고 자서전을 써 내려갔다. 가네코 후미코는 전향을 거부했고 옥중에서 스스로 생을 마감했다.

박열에 대한 기록은 엇갈린다. 영화가 선택한 얼굴이 있고, 문서가 남긴 흔적은 이와 다르다. 그 사이의 틈을 '전향'이라는 단어 한 칸에 가두고 있는 건 아닌가. 어쩌면 그들의 사랑을 낭만으로 포장하거나 영웅화하는 일은 쉬운 선택일 수도 있다.

한 사람의 인생을 오로지 한 단어로 정의하고 싶어지는 충동과, 그 충동을 끝내 미루게 만드는 현실 사이. 그 쉬운 판단을 보류하는 감각 사이에 문학은 어렵게 놓여야 한다. 나는 수첩을 꺼내 요요기 시절의 그들을 떠올리며 두 편의 단카를 적었다. 그들을 담기엔 원고지의 칸이 작다.

단카 1. 후미코에게

작약 한 송이
무츠미 노인의 손에
늦봄 한 줄기
덤으로 얹힌 계절
불령처럼 붉어라

단카 2. 박열에게

요요기 언덕
너와 나 함께 누운
젊은 날의 흰 뼈
짧은 꿈 같아라
그림자 없는 한낮

바다포도, 언어의 맛

시인력 92, 싱고력 8

트와일라이라이트 서점의 인스타그램에는 가끔 옥상 사진이 올라온다. 그 사진을 보고 있으면 마치 하늘에 작은 아가미가 열리는 것 같다. 피로와 소란에서 잠시 벗어나 일상의 얕은 수심에서 짧게 숨을 고르는 순간. 누군가에겐 그것이 물고기가 수면 위로 튀어 오르는 찰나처럼 느껴질지도 모른다. 사진 아래엔 늘 같은 문장이 붙는다.

"와서 숨을 쉬어."

오늘 저녁, 그 옥상 아래에서 북토크가 열렸다. 통역을 맡은 이마제키 리에 선생, 시미즈 선생과 함께 서점으로 향했다. 며칠 전 한국 시인들이 다녀간 뒤, 그들이 필사한 시가 계단과 다락방 구석구석에 붙어 있었다. 마치 소풍 갔을 때 보물찾기하듯이. 유심히 보지 않으면 그냥 지나칠 수도 있는 자리였다. 어떤 문장은 그렇게 '발견되는 방식'으로 도착하기도 하니까. 누군가 그것을 읽는 순간보다 그 문장이 그 자리에 머물러 있던 시간이 더 길었을 것 같은 느낌. 그런 문장은 독서보다 '만남'에 가깝다.

북토크 중 미쯔 상이 시미즈 선생께 물었다. "오랫동안 소설을 번역해오셨는데, 소설과 시 번역은 어떻게 다른가요?" 선생은 잠시 생각한 뒤 대답했다. "시는 어렵지만, 그래서 더 재미있어요." 잠깐 정적이 흘렀다. 북토크가 끝난 뒤, 선생은 감상을 문자로 전해왔다.

그날 나는 '히로시마 단풍 만주'에 대해 이야기했다. 일본에겐 '평화의 기념품', 한국에겐 '강제 노역과 피폭의 기억이 지워진 사물', 미국에겐 '사죄 없는 종전의 잔여물'. 소박한 과자였지만, 그 안에는 세 나라의 기억이 엇갈리고 겹쳐 있었다. 역사는 단일한 입맛으로 규정되지 않는다. 층이 깊을수록 더 천천히, 더 조심스럽게 음미해야 한다.

북토크가 끝난 뒤, 가시와바라 상의 안내로 오키나와 식당에 들렀다. 세 가지 음식이 나왔다. 국수는 담백했다. 라후테는 장조림과 동파육 사이 어딘가쯤의 맛이었다. 하지만 바다포도는… 생김새부터 낯설었다. 초록빛 알갱이들이 알알이 엉켜 있어 선뜻 손이 가지 않았다.

리에 선생의 권유로 간장에 살짝 찍어 먹었다. 알갱이들이 입안에서 톡, 톡, 터졌다. 마치 바다의 작은 물방울을 씹는 듯했다. 다른 음식은 익숙하게 먹을 수 있는 맛이었지만 바다포도는 유독 낯설었다. 어떤 맛은 낯설기 때문에 오래 남는다. 사람도 그렇다.

오키나와에 가본 적은 없지만, 그 음식에는 바다와 땅과 시간이 녹아 있었다. 그곳은 낭만적인 휴양지라기보다 미군 기지의 그림자와 류큐 왕국의 흔적이 먼저 떠오르는 땅.

그렇게 처음 접한 오키나와의 맛은 부드럽고, 깊고, 불투명
한 시간을 담고 있었다.

계산은 가시와바라 상이 했다. 언젠가 이들이 한국에 온
다면 나도 그들에게 바다포도 같은 음식을 대접하고 싶다.
처음엔 낯설지만 오래 남는 맛. 이를테면 그런 맛.

펀펀fun fun한 언어 유희

시인력 1, 싱고력 99

가끔 귀여운 걸 보면 무심결에 손이 입으로 간다. 손가락을 살짝 깨물거나 손톱 끝을 눌러본다. 고양이들이 서로를 핥다 말고 가볍게 깨무는 것처럼. 프랑스 영화 속, 키스하다가 갑자기 따귀를 때리는 연인처럼. 감정은 가끔 말보다 먼저 온다. 방향도 없고 이유도 없다. 귀여움 앞에서는 미묘하게 화가 난다. 정확히는, 마음을 준비할 틈을 주지 않는 데서 오는 당혹스러움. 그리고 정말 귀여운 건 때때로 무례하다. 보는 이의 마음은 아랑곳하지 않은 채 자기 멋대로 마음을 훔쳐 간다. 항복은 늘 예상보다 빠르고, 귀여움은 작지만 힘이 세다.

얼마 전, 가구라자카의 '매화정'이라는 가게에 갔다. 진열장 한쪽에 고양이 얼굴 모양의 모나카가 살포시 놓여 있었다. 걸음을 멈추고 한참을 홀려서 보았다. 옆에는 '떠다니는 구름'이라는 뜻의 머랭 쿠키 '우키구모浮雲', 그리고 레몬 앙금이 들어간 찹쌀떡 '레몬다이후쿠レモン大福'가 나란히 놓여 있었다. 이름도 생김새도 질감도 모두 가볍고 말랑한 것들. 잠시 망설이다 고양이 모나카를 골랐다. 겉은 얇고 바삭

하고, 속은 고운 단맛이었다. 입에 넣는 순간 고양이 얼굴이 부서졌다. 잠깐의 가책은 쉽게 사라졌다.

집으로 돌아오는 길, 이 기분에 어울리는 조어를 만들어 보았다. 모찌롱餅論. 모찌롱은 '모찌餅'와 '롱論'의 합성어다. 합치면 '모찌에 대해선 더 말할 것도 없다'라는 뜻이 된다. 일본어 '물론이지もちろん'의 소리를 빌려온 조어. 뜻은 단순하고, 소리는 말랑하게 입에 감긴다. 귀여운 것을 마주할 때 굳이 손가락을 깨물지 않아도 된다. 그 대신 말하면 된다. 모찌니까, 모찌롱. 그 한마디면 충분하다.

내부검열자의 메타 일기

시인력 99, 싱고력 1

앞선 일기에서 싱고는 이렇게 말했다.

"귀여움 앞에서는 미묘하게 화가 난다."

이 말을 다시 떠올린다. '귀엽다'는 감정은 보통 사랑스럽고 무해하다고 여겨진다. 하지만 그 감정이 동물을 향할 때면 설명하기 어려운 불편함이 스며든다. 명확한 반감은 아니지만 어딘가를 가볍게 밀어내는 듯한 감정. 감상이 아닌 반응, 태도에 가까운 감정이다.

귀여움은 종종 '보호'라는 윤리와 연결된다. 귀엽다고 느끼는 순간 나는 그 존재를 지켜야 한다는 의무감을 슬쩍 떠안는다. 문제는 그 책임이 자발적이지 않다는 데 있다. 작고 연약한 존재를 마주하는 순간, 판단과 무관하게 윤리적 역할이 자동으로 부여된다. 말 없는 피로는 거기서 시작된다.

며칠 전, 하라주쿠에서 드문 장면을 목격했다. 수달 한 마리가 아르바이트생의 어깨에 올라타 끊임없이 먹이를 받아먹고 있었다. 동그랗고 납작한 얼굴, 조그만 귀, 반들거리는 코, 쉴 새 없이 움직이는 앞발. 간판엔 '실내 물개 경주'라는 문구가 있었고, 옆 건물의 유리창 안에서는 사람들이 미니돼지를 안고 사진을 찍고 있었다. 문득, 내가 어디를 보고 있는 건지 혼란스러워졌다. 나는 통유리 너머의 동물을 보는 걸까, 아니면 그 동물을 안고 있는 사람을 보는 걸까.

귀여움은 대상을 향하는 감정 같지만, 실은 그 감정을 느끼는 나의 감수성을 확인하는 행위일지 모른다. 그래서 귀여움은 소비되고 전시된다. '사랑스러움'은 소유욕으로 전이되고, 귀여움은 감정이 아니라 기능이 된다. 감동을 위해 길러지고, 소비되기 위해 태어나는 존재들. 귀여움은 더 이상 무해하지 않다. 그것은 타자를 약자로 위치 짓는 도구로 작동한다.

나는 귀여운 존재를 대개 자신보다 아래라고 간주한다. '무해하다'는 인상은 곧 '무력하다'는 판단과 닿아 있다. 그러니까 귀여움은 위계를 전제하는 감정이다. 어떤 면에서는 이렇게 말할 수도 있겠다.

"넌 나를 위협하지 않아서 좋아."

여기서 자연스레 하나의 아이러니가 생긴다. 귀여움을 느끼는 주체는 자신이 감정을 베푸는 쪽이라 생각하지만, 실은 귀여움이라는 감정에 먼저 길들여지는 쪽 역시 그 주체이다. 귀엽다는 말은 대상의 속성을 드러내는 말 같지만, 실은 감정을 느끼는 쪽의 위치를 드러낸다. 귀여움을 느끼는 순간, 나는 이미 '우위'라는 문장에 갇히는 셈이다.

그렇다면 '귀엽다'는 말은 백기일지도 모른다. 저항하지 않겠다는, 길들여진 존재의 자기표현. 그리고 이상하게도 그 백기를 흔드는 쪽이 나일 때가 있다. 사람들은 종종 말한다. 자연 속에서 비참하게 사는 것보다 좋은 집사에게 사랑받으며 사는 게 낫다고. 그 말이 너무 빨리 결론에 닿을 때, 나는 멈칫한다. 펫숍의 동물들, 그 뒤에 붙어 있는 번식과 유통의 과정. 귀여움이 생산되는 과정을 떠올리면 마음이 서늘해진다.

자연스럽지 않은 귀여움은 그 자체로 폭력이며, 귀여움은 착취와 맞닿아 있다. 그러니 "귀여움 앞에서는 미묘하게 화가 난다"라는 감정은 단순한 심술이 아니다. 그것은 그저 '감탄의 표현'이 아니라 '인식의 표현'에 가깝다. 귀여움을 느낀다는 건 그 감정을 둘러싼 구조를 감지하는 일이며, 이는 그 감정에 저항하고 싶은 마음까지를 포함한다.

나는 귀여움을 매우 좋아하면서도 그 감정이 요구하는 윤리적 위치가 피로할 때가 있다. 스무 살이 넘은 내 고양이의 발톱을 동그랗게 깎을 때면 늘 의문이 남곤 했다. 이것이 정말 자연스러운가. 고양이를 서열의 아래에 두고, 그 아래라는 자리에 존재가 순응하도록 길들이고, 그 길들임이 바로 사랑이라고 나 자신을 설득하며 살아온 게 아닐까. 어쩌면 귀여움은 감정이 아니라 권력일 것이다. 그 말이 백기처럼 흔들릴 때, 나는 잠시 멈춘다. 그 백기를 받아야 할지 찢어야 할지 모르는 얼굴로.

시절은 지나가고, 가수는 노래한다

시인력 90, 싱고력 10

그저 웃기만 해도 사랑받는 사람이 있다. 마츠다 세이코가 그랬다. 작년이었던가. 뉴진스의 하니가 도쿄돔에서 〈푸른 산호초〉를 부른 영상이 한국에서 화제가 된 적이 있다. 그 노래를 들으면 마음 한편이 시원해져 산책할 때면 종종 듣곤 했다.

그 시절, 모두가 사랑했고 동시에 질투했던 얼굴. 세이코는 '그냥 세이코'였기에 좋았다. 마츠다 세이코는 '아이돌'이라는 감정의 원형이었다.

세이코의 '순수함'은 단순한 밝음이나 사랑스러움이 아니라 시대가 요구한 감정의 질서였다. 그 목소리는 현실에서 한 발짝 물러나 있었고, 이미 완성된 행복을 연기하는 듯했다.

그는 '사랑받기 위해 존재하는 존재'라는 패러다임을 정교하게 구현했다. 그 웃음은 자연스러운 감정이라기보다는 자연스럽게 보이도록 조율된 정서의 미학이었다. 그의 노래가 히트한 것은 당시 세대가 필요로 한 감정의 구심점이 되었기 때문이었다. 누구도 상처받지 않는 세계, 유예된 이

상. 그가 만든 세계는 가볍고 밝았지만, 그 속에는 대중의 표준이 은밀히 자리했던 게 아닐까.

세이코가 사랑의 존재를 믿게 했다면, 나카모리 아키나는 사랑의 부재조차 아름답게 만들었다. 세이코가 이상을 노래했다면, 아키나는 그 이상이 깨지는 순간을 바라보았다.

그의 목소리에는 고통이라는 감정이 작동하는 방식을 드러내는 솔직함이 있었다. 그는 '소녀'의 틀을 벗고 '여성'이라는 실존의 무게를 스스로 감당한 가수였다. 고독은 스타일이 아니라 실존이었고, 그의 예술은 인기의 산물이 아니라 자신을 걸어두는 방식이었다.

그 시절 한국 가수들과 견주자면 〈바람아 멈추어다오〉의 이지연은 세이코의 계보에 가깝고, 〈삐에로는 우릴 보고 웃지〉의 김완선은 아키나를 떠올리게 한다. 김완선은 귀여움이나 수줍음을 팔지 않았다. 관객이 기대하는 감정에 쉽게 타협하지도 않았다. 그의 표정엔 늘 약간의 거리가 있는 듯 보였고, 그 거리 덕분에 무대는 추상적인 리듬처럼 보였다.

감정의 결핍은 사랑의 또 다른 형식인지도 모른다. 누군가는 사랑의 밝음을 보여줌으로써 한 시대의 정조를 만들고, 또 누군가는 그 밝음의 뒤편에서 감정의 실체를 천천히 비춘다. 그래서 오늘 나는 아키나를 듣고 김완선을 기억한다.

스페이스 다다—무중력의 우주에서

시인력 0, 싱고력 0

지독한 감기에 걸렸다. 자다 깨기를 반복했다. 밤과 낮의 경계가 흐려졌다. 손톱 끝이 욱신거리고 잇몸이 들뜨기 시작했다. 감각은 하나씩 꺼졌고, 나는 어느새 무중력 상태의 우주선, 스페이스 다다에 갇혀 있었다.

이곳은 우주선이자 방이며, 나는 그 안의 창백한 승객이다. 창밖으로 송신탑 불빛이 붉게 깜빡인다. 구조 신호처럼 보이지만 나와는 연결되지 않는다. 지금 나는 몸 없는 귀신처럼 부유한다. 의식은 가라앉고 감각은 느리게 침수된다.

귓속에 뜨거운 모래를 한 줌 붓는 것 같다. 숨이 뜨겁다. 머릿속에 모래 폭풍이 이는 듯하다. 나는 언어로 '나'를 인식하려 애쓰지만 실패한다. 이 감기는 단순한 몸의 고장이 아니다. 존재를 흔드는 작고 사적인 재난이다.

나는 꿈의 가장자리에서 맴돈다. 눈을 감고 종이배를 띄운다. 종이배는 어디론가 빨려 들어간다. 아주 작은 흰 점이 된다. 눈을 감고, 눈을 뜨고, 잠들고, 까무룩한 혼미.

잠. 그리고 또 잠.

사랑을 알아차리는 아기처럼

시인력 41, 싱고력 59

감기약을 사러 가구라자카 언덕을 오르다가 문득 생각이 스쳤다. 모국어를 떠나 낯선 언어 속에서 산 지 어느덧 한 달이 넘었다. 그 시간은 낯설고 묘하게 편안했다. 일본어를 '듣는다'기보다는 '거른다'는 느낌. 온갖 단어가 아주 큰 체에 섞였다가, 내가 알아듣는 단어만 그 체를 빠져나오는 듯하다.

시로이, 데스카라, 난데스케도, 에라베나이…

아는 단어가 귀에 닿을 때면 머릿속 해마가 잠든 뇌세포를 통, 하고 가볍게 치고 지나가는 것 같다. 왜 어떤 단어는 '암기'라는 관문을 거치지 않고도 스며드는 반면, 어떤 단어는 애써 외워도 혀끝에서 엉킬까.

한국에서 일본어 공부는 듀오링고 앱과, 번역가 심혜경 선생과 함께 하루키의 『후와 후와』를 더듬은 게 전부였다. 그런데 정작 일본에 오고 나서는 공부다운 공부를 하지 않았다. 붙잡지 않아도, 맥락 속에서 단어가 자연스럽게 몸에 들어오는 방식이 더 흥미로웠기 때문이다. 그중 '데스케도'와 '데스카라'가 유독 자주 들렸다. 그런 생각에 잠겨 걷다

보니 어느새 '아코메야'라는 가게 안에 들어와 있었고, 그 순간 뒤편에서 또렷한 한국어가 들렸다.

"와, 잘 만들었다. 이런 거 참 잘해."

두 남자가 손바닥만 한 쌀 포장을 보며 나직이 감탄하고 있었다.

지금 내 일본어는 두 살배기쯤의 수준일까. 그렇다면 일본어는 언제쯤 '이해'라는 그 얇은 막을 통과해 나에게 도달할까. 우리가 아기였을 때 엄마 품속에서 목소리를 들으며 언어를 익히는 것이라면 어쩌면 언어는 의미보다 먼저 정서로 도착하는 것인지도 모른다. 설명이 아니라 체온으로.

의미는 그 뒤를 조용히 따라온다. 나는 그렇게 언어를 물고 만지고 깨물며 시를 쓰고 싶다. 무슨 뜻인지도 모르고 소리를 내는 아기의 옹알이처럼. 사랑이라는 말을 배우기 전에 사랑을 알아차리는 아기처럼.

도쿄여자대학교에서 '다시 만난 세계'

시인력 91, 싱고력 9

초여름 도쿄 스기나미. 강한 바람이 치맛자락을 들춰 올렸다. 정오, 도쿄여대 정문 앞에서 기라 선생을 만나기로 했다. 니시오기쿠보역에 내려 카페와 미용실이 이어진 골목을 지나 주택가로 들어섰다. 정문에 닿았을 때, 이곳이 애니메이션 〈시간을 달리는 소녀〉의 배경이라는 사실이 문득 떠올랐다. 영화의 잔상이 기억을 깨웠다. 시간은 일직선으로 흐르지 않는다. 과거와 현재가 스칠 때, 눈앞 풍경은 조금씩 빗나간다.

수업 전 기라 선생이 준비한 간식 덕분에 학생들과 금세 이야기를 나눌 수 있었다. 번역된 시를 낭독하고 감상을 주고받는 방식으로 수업은 자연스럽게 흘렀다. 선생은 말했다. "1학년 900명 중 500명 이상이 한국어를 제2외국어로 선택했어요." K-팝과 드라마가 만든 한류의 바람이 이 교실에도 닿아 있었다.

학생들의 이름을 한 명씩 불렀다. 리코, 나나미, 히카리, 슈리, 이즈미… 이름을 불러보는 건 다시 만날 가능성을 남겨두는 일이다. 몇몇은 연세대나 이화여대 한국어학당 유학을 준비 중이라고 했다. 나는 말했다. "꼭 연락해요." 그 말은 예의라기보다 진심이었다.

이야기는 한국의 20대 여성으로 옮겨갔다. 작년 겨울, 광장에서 대통령 탄핵을 외치던 목소리. 그것은 단순한 분노가 아니라 오래 눌린 감정이 마침내 문장을 가진 순간이었다. 억압의 역사는 침묵으로 남지만, 침묵에 균열이 생기면 역사는 다시 움직인다.

수업에서는 일본어의 일인칭에 대한 이야기도 나왔다. 여성은 '아타시'를, 남성은 '보쿠'를 주로 쓴다. 그러나 젊은 세대는 이 구분을 느슨하게 받아들인다. '나'를 말하는 방식에 성별이 붙는다는 건 자아가 사회 규범에 먼저 불려 나온다는 뜻이다. 언어는 개인의 것이지만 사회는 그 미세한 윤곽을 이미 그어놓는다.

반면 한국어의 '나'는 성별을 묻지 않는다. 물론 언어의 중립이 사회의 평등을 보장하지는 않는다. 그래도 '나'라고 말하는 첫 문턱만큼은 누구에게나 열려 있다.

나는 유교 문화의 세례를 받은 사람이다. 욕망보다 양보를, 목소리를 내기보다 침묵을 먼저 배웠다. 배려를 미덕이라 여기며 '여성스럽다'는 기준을 내면 깊이 새겼다. 그 기준은 바깥보다 내면에서 더 엄격하게 작동했다.

X세대. IMF. 나는 외환 위기 한복판에서 20대를 보냈다. 대학 졸업과 동시에 닥친 경제 불안을 견디며 구인 광고를 뒤적였다. 직장 내 성희롱은 일상이었지만 이에 대해 말하

지 못했다. 말하지 못한다는 건 억울함이 정리되지 않는다는 뜻. 언어가 없으면 감정은 안에만 쌓인다. 나는 그때 참는 법을 먼저 배웠다.

그러나 미투 이후, 그것이 구조적 폭력이라는 사실이 드러났다. 그때였다. 위 세대로부터 "예민하다"라는 말을 듣던 친구들이 발언하기 시작했다. 나는 위 세대와 아래 세대의 중간쯤에 서 있었다. 위로부터는 "말 좀 가려서 하라"는 잔소리를 들었고, 아래로부터는 "감수성이 구식"이라는 시선을 받았다. 그래서 나의 언어는 한동안 그 사이에서 머물렀다.

미투는 침묵을 '고발'로 바꾸었다. 그것은 그저 단순한 분노의 분출이 아니라 존재가 자기 문장을 되찾으려는 시도였다. 세계는 말하는 만큼 다시 만들어진다. 그렇다면 질문은 이것일지 모른다. 여성은 어떻게 자기 리듬으로 말할 것인가.

그러나 그 질문마저 사회가 정해둔 말의 형식을 따를 때가 많다. 날것이 아니라 불편하지 않게 조율된 문장. 그 간극이 나를 뒤흔든다. '용모 단정'이라는 조건을 단 회사에 이력서를 내던 기억처럼. 처음 '여자력'이라는 단어를 들었을 때의 찜찜함처럼. 말은 자유를 열어주지만 규범은 또 다른 경계를 만든다. 침묵에서 발화로 넘어가는 지점에는 언제나 충돌이 있다. 기라 선생 역시 그 경계에서 언어를 신중히 다듬고 있었다.

강의가 끝난 뒤 슈리와 이즈미, 하나와 함께 교정을 걸었다. 이즈미는 가마쿠라에서 통학한다고 했다. 왕복 세 시간. 나는 예전의 나를 떠올렸다. 잠을 쪼개 아르바이트하고 학비를 마련하던 날들. 다시 돌아가고 싶지는 않지만 이상하게 아름다웠던 시간. 그들을 꼭 안아주고 싶었다.

우리는 백 년 넘은 예배당으로 들어갔다. 스테인드글라스에 햇빛이 부서져 금빛 파편이 되어 흩어졌다. 그 아래서 나는 과거와 미래 사이에 놓인 '지금'이라는 한 점을 붙잡았다. 〈시간을 달리는 소녀〉의 마코토처럼. 현재는 과거의 빛과 미래의 그림자가 포개지는 자리다.

유리를 통과한 빛이 땅에 스며들 듯, 이해도 천천히 온다. 이해는 천천히 오는 사랑이다. 그 느림이 누군가에게 작은 촛불이 될 것이다.

우설, 혹은 감각의 이중주

시인력 11, 싱고력 89

종일 미약한 두통이 이어졌다. 감기는 서서히 물러갔지만 몸의 감각은 여전히 약간 비틀려 있었다. 마치 음이 조금 틀어진 피아노의 내부를 들여다보는 것 같았다. 그 상태로 리애 상을 만나러 갔다. 며칠 전 그가 "무얼 먹고 싶은가요?"라고 물었을 때, 나는 망설임 없이 말했다.

"따끈한 쌀밥에 야키니쿠요!"

그 말이 입밖에 나오는 순간 〈고독한 미식가〉 고로 상이 머릿속에 스쳤다. 고기 한 점을 소중하게 굽고, 오물거리며 천천히 맛을 느끼는 얼굴. 혼자 먹지만 혼자가 아닌 것 같은 표정. 그 얼굴에는 타인과 미각을 나누는 일에 대한 은밀한 예의가 담겨 있다. 음식을 함께 먹는다는 건 미각의 리듬을 함께 나눈다는 뜻이니까.

리애 상도 그랬다. 자기만의 리듬을 지니되, 상대의 속도에 기꺼이 발을 맞추는 사람. 게다가 그는 대식가였다. 그날 그가 고른 고깃집 미카쿠엔은 좁고 연기로 자욱했지만, 숨은 고수의 기운이 배어 있었다.

자리 제안도 내가 했으니 계산은 당연히 내가 하려 했지만, 리애 상은 양보하지 않았다. 결국 가위바위보로 정하자고 했다. 그때 문득 지난달 시 파티 뒤풀이에서 있었던 '전설의 가위바위보 사건'이 떠올랐다.

시 파티 뒤풀이 자리에는 김현, 이소연, 이동욱 시인을 비롯해 시 파티에 함께해준 많은 이들이 모여 있었다. 이윽고 한국 시인들끼리 뒤풀이 비용을 걸고 가위바위보 대결을 펼치기로 했다. 호시노 상이 가위바위보를 하기 전에 '사이쇼와구(처음엔 주먹)'를 외쳐야 한다고 가르쳐주었다.
"사이쇼와구! 잔, 켄, 폰!"
승부는 쉽사리 가려지지 않았다. 무려 다섯 번이나 무승부였다. 결국 이동욱 시인이 주먹 하나로 승리를 거머쥐었다. 그 순간, 이소연과 김현 시인, 그리고 나는 미리 입을 맞춰두기라도 한 것처럼 말했다.
"원래 이긴 사람이 사는 거야."
우리는 하이에나 무리처럼 이동욱 시인을 에워쌌다. 그 무리에 낀 우리들의 호시노 상만이 초식동물을 닮은 커다란 눈망울로 우리를 말리려 했다. 하지만 하이에나는 물러서지 않는다. 조금 미안했지만 현실은 비정했다.

리애 상 덕분에 나는 인생 첫 우설을 영접했다. 말 그대로 소의 혀. 나는 평소 육식을 자주 하지 않는다. 싫지는 않지만 굳이 찾지도 않는다. 몸이 고기를 '요청'할 때만 조금씩 받아들인다. 그날이 그랬다. 감기의 후유증으로 깎인 체력이 단백질을 요구했고, 그 요구는 이상할 만큼 정확했다. 문제는 그것이 '혀'라는 점이었다.

기묘하게도 그 모순이 낯설지 않았다. 혀로 혀를 씹는다는 것은 감각의 복제이자 파괴였다. 그런 감각이 중첩되는 순간, 나는 은유의 내장을 씹는 듯한 이상한 착각에 빠졌다.

식감은 의외로 훌륭했다. 꼬들꼬들. 말랑함과 단단함 사이 그 어딘가의 질감. 마치 언어가 되지 못한 어떤 원형질을 씹는 것 같았다. 두 개의 혀가 한 입안에서 공존하는 기묘한 동질감이라니. 생물학으로는 설명되지 않는 기이함을 느끼는 동시에 이상한 만족감이 밀려왔다. 그리고, 짧은 감탄.

"맛있어."

이제 슬슬 일어날 때가 되어가서 가위바위보를 하자고 했다. 사실은 내가 계산할 마음이었지만, 막상 두 번의 무승부가 나오자 이상하게 긴장됐다. 결과는? 내가 졌다.

카운터로 갔더니, 맙소사. 그 가게는 현금만 받았다. 리애 상이 현금으로 계산했고 나는 옆에서 민망하게 웃었다. 옆자리 손님들이 우리를 힐끗 보았다. 질기게 실랑이하던 상황이 허무하게 막을 내려서일까. 만약 이동욱 시인이 옆에 있었다면 분명 "촌스럽다…"라며 고개를 저었을 것이다.

헤어질 무렵, 리애 상은 손바닥만 한 그림을 건넸다. 가위로 잘라 여기저기 붙일 수 있는 이모티콘 그림이었다. 얼핏 단순해 보이면서도 묘하게 감정의 결을 잘 살린 듯했다. 우습고, 짠하고, 대충 그린 듯하면서도 정성스럽다. 여러 감정을 지닌 얼굴들이 그 안에 들어 있었다. (그에게도 '싱고'처럼 그림 그리는 자아가 있었다니.) 그림을 그려본 사람은 안다. 힘을 빼고 자연스럽게 선 하나를 그리기가 얼마나 어려운지.

그날 저녁, 우리는 또 한 번의 만남을 약속했다. 핑계 같았지만 사실은 그와의 대화가 좋았고, 조금 더 오래 그 리듬 속에 있고 싶었다. 그리고 나는 오래 혀에 남을 감각 하나를 얻었다. 다음에 우설을 먹게 된다면 아마도 맛보다 그의 얼굴이 먼저 떠오를 것이다. "오이시"라고 말하며 미간을 살짝 찡그리던 그 표정.

6월 8일

너의 목소리가 들려

시인력 33, 싱고력 67

유월의 잎사귀가 매일 조금씩 채도를 더해간다. 내가 스페이스 다다에 왔을 때 창밖 단풍나무는 가지 끝에 매달린 잎 하나가 겨우 붉었었지만 이제는 두세 장쯤 물들었다. 가구라자카 골목은 여전히 조용하다.

그 고요를 깬 건 창밖에서 들려온 노래였다. "테이크 미 홈, 컨트리 로드…" 누군가 열심히 부르고 있었는데, 잘한다기보다는 애쓰는 소리였다. 음은 자꾸 비틀렸고, 목소리는 염소처럼 떨렸다. 진심이라서 미안하지만 조금 웃음이 났다. 특히 "투 더 플레이스, 아이 빌롱"에서 자꾸만 음이 튀었다.

변성기를 지나고 있는 듯한 목소리였다. 아이도 어른도 아닌, 그 경계 어딘가에 있는 소리. 한 소절 안에서도 음정이 흔들리고 음색은 미묘하게 바뀌었다. 남성의 굵은 저음과 여성의 고음을 오가며 자라는 중인 목소리였다.

그 목소리를 듣고 있자니 변화가 대체로 이런 얼굴이라는 생각이 들었다. 마치 환경에 따라 성을 바꾸는 굴처럼. 굴은 수컷으로 태어났다가 조건에 따라 암컷이 되기도 한다. 자신의 환경에 맞게 유연하게 변하면서도 그것을 옳고 그름으로 재단하지 않는다. 고민도 죄의식도 없다. 경계를 넘어 존재할 뿐이다. 굴은 그냥 다음 몸으로 건너간다.

반면 인간은 이분법 속에 스스로를 가둔다. 그리고 언어의 감옥에서 좀처럼 벗어나지 못한다. 그래서 우리는 변화를 '잘못'으로 착각하거나 '불안'으로 번역하기도 한다. 오늘은 창밖 목소리가 그 정도만 알려주었다.

커튼을 조심스레 젖혔다. 혹시 그가 나를 보면 민망할까 봐. (아, 내가 더 수상해 보이려나?) 중학생쯤 돼 보이는 소년이 헤드폰을 끼고 어깨를 들썩이며 노래를 부르고 있었다. 가사를 적은 종이를 들여다보면서. 수행평가라도 준비 중인 걸까.

나는 그를 속으로 응원했다. 어쩌면 점수는 좋지 않을지도 모른다. 하지만 노래하라, 소년이여. 끝까지.

묘신기猫神記—나의 늙은 고양이에게

시인력 11, 싱고력 89

나의 작은 신, 이응이 그립다. 나는 그의 이름 뒤에 '옹翁' 자를 붙여 이응옹이라 불렀다. 내가 침대에 누우면, 이응옹은 발치에서 "미야오" 하고 나를 부른다. 그러면 나는 침대를 두어 번 두드리고 팔을 둥글게 오므린다. 이응옹은 준비가 끝났냐는 듯 끄응 하고, 노인의 신음 같은 소리를 내며 곁으로 온다. 작은 상자 안에 몸을 끼우듯 팔의 곡률 안에 정확히 들어오는 고양이. 내 팔은 아마 그에게 가장 이상적인 묘猫체공학적 침대였을 것이다.

어느 여름 저녁, 퇴근하고 문을 열자 고약한 냄새가 코를 찔렀다. 냄새의 출처는 좌식 의자였다. 의자 위엔 A4 용지 한 장이 놓여 있었고, 종이를 들추자 그 아래에 얌전히 놓인 응가 한 덩이. 태풍이 와서 바람이 강하게 부는 탓에, 화장실 문이 닫혔던 모양이다. 이응옹은 닫힌 문 앞에서 잠시 망설였을 것이다. 그러고는 정중하게 내 의자에 볼일을 보고, 조심스레 종이로 덮었다. 그 행동엔 조심스러운 자책과 작지만 분명한 예의가 있었다.

인간인 나는 이런 행동을 '실수'라 부르지만, 이응옹에게는 실수도, 예의도, 자책도 모두 인간의 언어로 붙인 이름일 뿐이다. 그는 자신의 세계에서 가능한 방식으로 상황을 정리했을 뿐. 인간의 도덕이 아니라 고양이의 판단. 그 판단은 인간과는 완전히 다른 축에서 작동한다.

어떤 날엔 방 안에 목장갑 한 짝이 놓여 있었다. 도둑인가 싶어 등골이 서늘했다. 그런데 방 안엔 발자국 하나 없었다. 다음 날도 목장갑이 침대 위에 있었다. 옥상에 나가보니 사다리 밑에 이빨 자국이 난 목장갑 무더기가 흩어져 있었다. 이응옹이 그것들을 하나씩 물어온 것이다. 누가 누구를 먹여 살리는지 잠깐 헷갈렸다.

나는 이런 행동에 빠르게 의미를 붙인다. 헌물, 사냥, 충성. 그러나 고양이는 의미보다 움직임이 먼저인 존재다. 인간은 행동의 의도에서 관계를 찾으려 하지만, 고양이는 행동의 흔적으로 관계를 남긴다. 그래서 어떨 땐 놀라울 만큼 영리하지만, 또 어떨 땐 어이없을 만큼 엉뚱하다.

폭설이 내린 날이면 이응옹은 옥상에 나가 놀다 들어왔다. 내 방 창문은 옥상과 이어져 있어, 창문을 열면 바로 옥상으로 나갈 수 있었다. 이응옹은 두 발로 서서 앞발로 문턱을 짚고 방충망을 살살 밀어젖혔다. 코가 빨개질 때까지 입김을 풍기며 옥상에서 뛰어놀다가, 돌아올 때 발톱이 방충망에 걸려 그대로 매달렸다. 나갈 때는 창문을 잘 열면서, 들어올 때는 방충망이 투명해 보이는 걸까. 그렇게 숭숭 뚫린 방충망의 구멍들은 계절마다 늘어갔다.

나는 종종 생각한다. 어쩌면 고양이는 신일지도 모른다. 그렇다고 해서 인간이 상상하는 서열의 정점은 아니다. 오히려 신이 되려 하지 않으면서 신이 되어버린 존재에 가깝다. 목적을 갖지 않으면서도 존재만으로 기세를 형성하는 방식. 인간은 신을 상상하기 위해 하늘을 올려다보지만, 고양이는 신비로운 눈빛 하나로 신의 품격을 보여준다.

키보드를 치다 보면 가끔 이응옹이 메시지를 남기곤 했다.

"ㅐ자;ㅣㅏㅋㅣㅏㅓ나헌;ㅣㅎ"

인간에게는 무의미해 보이지만, 언어를 기준으로 생명의 높낮이를 판단하는 것이야말로 인간 중심적 사고다. 의미는 문자열에 있는 것이 아니라 고양이의 몸짓, 귀의 각도, 꼬리의 높낮이, 골골거림의 리듬 속에 있다. 행성의 반구처럼 빛나는 눈동자, 소리가 날 때 가볍게 움직이던 귀, 바늘귀만 한 콧구멍까지. 모든 것이 이미 그의 발화였다.

내가 조물주라면 고양이 수염은 맨 마지막에 그려 넣었을 것이다. 가장 정밀한 감각을 완성하는 마침표처럼. 이응옹의 사진을 들여다본다. 보고 또 본다. 올해 스무 살이 된 나의 작은 신은 언젠가 나를 떠날 것이다. 그때 이렇게 말하고 싶다.

고마웠다고.

깊이 사랑했다고.

그리고 인간의 목소리로 가장 부드러운 골골송을 불러주겠다고.

불완전한 날들의 대화—자아 분열극

시인력 50, 싱고력 50

장소 이자카야 '야키토리 쇼짱'.

배경음 잔잔한 올드팝.

무대 생맥주 두 잔, 나무 테이블,

가구라자카의 조용한 뒷골목.

싱고와 신미나가 빔 벤더스의 영화

〈퍼펙트 데이즈〉에 대해 토론을 벌이고 있다.

등장인물

싱고 순간에 감응하는 이상주의자.

신미나 질문을 멈추지 않는 회의주의자.

싱고

(맥주잔을 탁 내려놓으며)

히야⋯ 진짜 좋지 않아? 〈퍼펙트 데이즈〉.

말 한마디 없이도, 감정이 그냥 '툭' 떨어지더라고.

시 같았어. 뭔가. 같은 풍경인데도 어딘가 다르게 느껴지

는 거⋯

매일 보는 노을인데 매번 다르게 느끼는 거. 그게 살아 있

다는 느낌 같았어.

신미나

(완두콩 껍질을 까며)

아. 그 영화 예뻤지. 그건 인정.

근데 너무 예뻐서 오히려 반감이 들더라.

인스타에 필터 잔뜩 넣은 사진 같달까.

현실은 좀 더… 불편하고 거칠잖아.

그런 건 다 빠지고 말랑함만 남은 느낌?

싱고

꼭 불편해야만 진짜야?

가끔은 의미 없이 좋은 게 더 와닿기도 하잖아.

이유없이 편안한 거.

왜 사냐, 어떻게 사냐? 그런 질문 없이도 조용히 괜찮은 날.

그런 날도 인생에 섞여야지.

신미나

그걸 부정하는 건 아니야.

근데, 질문 없는 평온, 그런 건 위장된 평화일 수도 있지.

예술이 질문을 접으면 관객도 생각을 놓아버려.

난 그게 조금… 걸려.

싱고

참 뻣뻣 하시네.

가뜩이나 사는 게 팍팍한데 위로도 맥락이 있어야 해?

그냥 '좋다'고 말하고 싶은 순간이 있다니까.

그리고 말이야.

예술이 관객을 계몽하려 든다는 생각 자체가 나는 좀 그래.

예술은 누군가를 가르치는 게 아니라,

우리가 알고 있는 마음을 '기억나게' 하는 거잖아.

그게 감동이지 교육은 아니라고.

(젓가락으로 오니기리를 들며)

예를 들면 이 완벽한 주먹밥!

쇼짱의 손맛이 다 들어간 주먹밥 한 덩이면!

난 충분히 행복해.

쇼짱

(멀리서 고개를 든다.)

나 불렀어요?

싱고

(약간 당황하며)

아뇨, 아뇨! 안주가 참 맛있습니다.

신미나

(맥주잔을 빙빙 돌리며)

아무 이유 없는 행복? 좋지. 나도 좋아.

근데 그걸 자꾸 '괜찮은 척'하면서 삼켜버리면

우리가 뭘 놓치고 있는지도 모르게 돼.

그리고 나는 계몽을 말하려는 게 아니라 질문을 남겨두

자는 쪽이야.

누구를 깨우치는 게 아니라,

스스로 깨어나게 만드는 틈을 남기는 거야.

그 틈 때문에 생각이 계속 이어지는 거고.

너무 잘 닦인 순간만 보여주면, 그 틈이 사라져.

싱고

(오니기리를 우물거리다 표정이 굳는다.)

잠깐. 어금니… 나갔나?

신미나

(피식 웃으며)

도착했네. 현실.

쇼짱

혹시… 너무 구웠나요?

싱고

(손사래 치며)

아뇨, 아뇨! 아주… 적당히 구워졌어요.

쇼짱

(탁자 위에 계산서를 내려놓으며)

자 그럼, 여기 현실 하나 추가요! 영업 끝났습니다.

오독의 꽃, 시 번역 워크숍

시인력 79, 싱고력 21

번역 워크숍 첫날. 약속 시간보다 이른 시간에 책거리 서점에 도착했다. 김승복 선생과 시미즈 선생이 빔 프로젝터를 설치하는 중이었다. 잠시 뒤, 반가운 얼굴이 찾아왔다. 도쿄여대 특강에서 만난 학생, 리코였다.

"선생님 시에 레몬이 나오잖아요."

그 말과 함께 그는 레몬 과자와 노란 꽃다발을 내밀었다. 아르바이트 면접이 있는데도 굳이 시간을 내어 들러준 마음이 고마웠다. 그는 한국으로 어학연수를 떠날 예정이라고 했다. 짧은 인사를 나눈 뒤 리코는 서둘러 돌아갔다. 나는 리코가 건넨 꽃을 꽃병에 꽂고 워크숍을 진행했다.

시는 어디까지 설명될 수 있을까. 오래 붙들고 있는 질문이다. 어떤 이는 자세한 해석이 시를 훼손한다고 말하지만, 해석이 없으면 시는 종종 닫힌다. 해석은 고정된 진실이 아니라 그때그때의 접촉이다. 덧붙는 것도 있고 흐려지는 것도 있다. 그래서 오늘의 해석은 정답이 아니라 시도에 가깝다.

이번 워크숍 참가자들은 대부분 한국어 상급 학습자들이

라 통역 없이 워크숍을 진행할 수 있었다. 번역 과제로 등단작인 「부레옥잠」을 골랐다. 수업을 시작하며 나는 이렇게 말했다.

"모든 번역은 오독에서 시작됩니다. 그 위험을 기꺼이 감수합시다."

그리고 덧붙였다. 번역가는 창작자에게 가장 예리한 독자이자 성실한 해설자여야 한다고.

이후 우리는 짧은 상상 훈련을 함께했다. 처음엔 다소 쑥스러워하던 이들도 곧 자세를 가다듬고 집중했다.

"눈을 감고 '내가 부레옥잠이다'라고만 생각해봅시다. 숨을 들이쉬고 내쉽니다. 손끝에서 뿌리가 난다고 상상해요. 물이 들어오고, 조용히 퍼집니다."

나는 마지막 문장을 조금 천천히 말했다.

"이 식물을 이렇게 오래 생각해본 적이 있나요?"

시는 타자의 몸을 입는 일이다. 자기 살결을 벗고 타자의 감각 안으로 천천히 이동하는 행위. 그 언어와 감정을 잠시라도 살아보는 순간, 우리는 조금 다른 생명의 감각을 느낀다.

부레옥잠 꽃잎의 중앙에는 불꽃 같은 무늬가 있다. 누군가 샛노란 물감을 이마에 눌러 찍은 듯한 형상. 공기주머니가 부풀면 배 안쪽이 따뜻해지는 느낌이 든다. 고요한 방이 몸속에서 봉긋 피어오른다. 메를로 퐁티의 말처럼, 우리는 사유 이전에 행위하는 몸이다.

시는 또 옹알이하는 아기가 말을 향해 나아가는 과정과 닮았다. 기표와 기의가 충돌하고, 예기치 못한 방식으로 붙으며 리듬이 태어난다. 때로는 조각난 단어들이 덜컹 튀어나오고 엉켜서 이상한 기호가 되기도 한다.

그래서 나는 가끔 조어를 만든다. 어떤 감각이나 어감을 포기할 수 없을 때 사전에 없는 말을 짓는다. '몸때', '몸물' 같은 단어들이 그렇게 생겼다.

그 조어들은 이번 워크숍에서 가장 높은 번역의 벽이 되었다. 일본어로 정확한 대응을 찾기 어려웠기 때문이다. 그러나 그 어려움이야말로 번역가가 새로운 언어를 조립할 기회이기도 했다.

우리는 「부레옥잠」을 한 방향으로만 읽지 않기로 했다. 여성성과 식물의 유비로 닫아버리면 시가 가진 다른 통로들이 사라진다. 이 시에는 생태의 감각도 있고, 존재의 감각도 있고, 언어의 장난도 있다. 어느 쪽으로 들어갈지는 독자의 선택이고, 번역은 그 선택을 문장으로 고정해보는 일이다.

우리는 단어의 시효성도 함께 고민했다. 언어는 뱀처럼 허물을 벗는다. 어떤 단어는 날카롭고 신선하게 태어나지만 시간이 지나면 무뎌지거나 진부해진다. 그러나 가끔은 오래된 단어에서도 닳지 않은 감각이 되살아난다. 생성과 소멸을 반복하며 단어도 제 생을 살아갈 뿐이다.

이번 워크숍은 쉽지 않았다. 중도에 포기하는 이도 있지 않을까 걱정했지만 모두가 끝까지 과제를 완수했다. 다만, 시집 전체를 다루지 못한 점은 아쉬웠다. 시인들은 자주 쓰는 단어들 속에 자신만의 세계관을 숨겨놓는다. 마치 프로그래머가 코드에 이스터에그를 심듯이. 그래서 시 한 편만으로는 시인의 결을 다 보기 어렵다. 이 한계를 인정하면서도 참가자들은 단어 하나, 조사 하나도 놓치지 않으려 애썼다.

마지막으로 소감을 묻자 모두가 한목소리로 말했다.

"어려웠어요."

이상하게 기분이 좋았다. 우리가 오늘 한 일은 원래 어려운 걸 함께 만지는 일이었으니까.

둥근 늪, 마루누마 예술의 숲 방문기

시인력 11, 싱고력 89

와코시역에서 김승복 선생과 시미즈 선생을 만났다. 오늘은 '마루누마 예술의 숲'을 방문하기로 한 날이다. 그곳은 젊은 예술가들에게 작업 공간을 제공하는 레지던시로, 사업가 스자키 가츠시게 회장이 설립했다고 들었다.

하명구 작가가 역 앞까지 차로 마중을 나왔다. 마루누마 예술의 숲으로 이동하는 동안 창밖으로 대형 물류 창고와 주택 단지가 엇갈려 펼쳐졌다. 그 풍경은 성남이나 안양 호계동의 산업 지대와 비슷했다.

하 작가의 안내로 '트라토리아 라구나 로톤다Trattoria Laguna Rotonda'라는 이름의 레스토랑으로 들어갔다. 세계 피자 챔피언십 6위에 입상한 베이커가 있다는 말도 덧붙였다. 그 '6위'라는 등수가 맛에 대한 기대를 높였다. 직접 재배한 샐러드는 신선했고, 화덕에서 구운 피자는 고소하고 담백했다.

'마루누마'는 일본어로 '둥근 늪'이라는 뜻이다. 이름부터가 그 공간의 성격을 암시하는 듯했다. 스자키 회장을 만나러 레지던시 안에 있는 카페로 이동했다. 한국의 공예 작가도 이곳에 입주했다고 들었다. 처음엔 그저 김승복 선생의 일정에 동행하고 싶다는 가벼운 마음이었다. 하지만 현장을 둘러볼수록 예술가를 지원하는 제도와 구조가 어떻게 유기적으로 작동하는지 서서히 눈에 들어오기 시작했다. 예전엔 그 '연결'의 존재조차 생각해본 적 없었다. 누군가는 다리를 만들고 누군가는 그 위를 걷는다. 이런 공간은 보이지 않는 누군가의 수고 없이는 오래 유지되기 어렵다.

스자키 회장은 단단한 인상이었다. 곧은 허리와 안정된 걸음에서 중심이 꼿꼿한 사람의 기품이 느껴졌다. 바움쿠헨을 먹으며 잠시 대화를 나눴는데, 내가 한국에서 온 시인이라는 말에 그의 얼굴에 장난기 어린 미소가 번졌다. 이어 그는 삼계탕과 삼겹살 이야기를 꺼내며 아이처럼 웃었다. 낯선 이를 환대하는 방식이 소탈했다. 나는 그 배려에 답하고 싶어 시집 사인본을 건넸다.

이후 작업실 투어가 시작되었다. 입주 작가 박지원 씨는 막 짐을 푸는 중이었다. 이어 하 작가의 작업실로 이동했다.

도록을 펼치자 빨간 코의 도깨비, 락樂 자가 찍힌 술 단지, 십이지신을 형상화한 오브제가 눈에 들어왔다. 도자와 조각의 경계를 넘나들며 전통의 상징을 익살과 진지함 사이에서 능청스레 소환했다.

옆 작업실에서는 아스카 이리에 작가가 여러 질감의 한지에 판화를 찍어 콜라주 작업을 하고 있었다. 용의 비늘을 한 조각씩 붙이는 듯한 반복적이고 정교한 노동. 전통 우키요에와 현대적인 감각이 맞닿아 있었다. 미닫이처럼 이어붙인 커다란 그림이 하나의 대서사시처럼 펼쳐졌다.

마지막으로 수장고를 둘러보았다. 기업이 운영하는 사설 수장고에 들어간 건 처음이었다. 앤드루 와이어스의 수채화, 초기 우키요에, 무라카미 다카시의 드로잉을 보았다. 큐레이터들의 자세한 안내 덕분에 귀한 작품을 제대로 감상하는 호사를 누렸다.

마루누마는 단순한 '지원 공간'이 아니었다. 예술과 지역이 접촉하고, 실험하고, 스며드는 장소였다. 예술가가 자기 세계를 탐색하면 그 진동이 지역 사회로 번져나가도록 설계된 다리. 고립 없는 집중, 조용한 배려. 그것이야말로 예술가를 존중하는 방식일 것이다.

무엇보다 인상 깊었던 건 이 구조가 제도나 기관이 아니라 한 후원자의 열정에서 출발했다는 점이었다. 시간과 도구, 그리고 손을 오래 써야 하는 작업일수록 물리적 조건이 절실한데 이곳은 그 조건을 미리 마련해두고 있었다. 예술의 지속을 가능하게 하는 구조, 그런 게 가능하다는 사실이 솔직히 부러웠다.

돌아오는 길, 김승복 선생이 웃으며 말했다.

"둥근 늪에 잠시 빠졌다가 나온 기분이네."

이다음에, 간다강에서 만나요

시인력 91, 싱고력 9

리애 상과 저녁을 함께하기로 했다. 그가 정한 장소는 '하마즈시'라는 이름의 초밥집이었다. 지난번 현금을 준비하지 못해 민망했던 기억이 있어, 이번엔 그에게 맛있는 식사를 대접하고 싶었다. 그는 메일로 가게 위치를 공유하면서 근처에 간다강이 흐른다고 덧붙였다. 익숙한 이름이라 유튜브에 검색해보았다.

가구야히메의 〈간다가와〉라는 노래가 검색창 상단에 떴다. 잠자리 안경을 쓴 기타 듀오의 영상이 재생되자, 어디선가 들은 듯한 기시감이 스쳤다. 익숙하지만 명확히 떠오르지 않는 선율. 혹시 한국에 소개된 적이 있었던 걸까. 1970년대에 일본에서 크게 히트한 노래니 어쩌면 스쳐 들었을지도 모른다.

가사는 절제된 시처럼 읽혔다. 3첩 다다미방, 굴뚝이 솟은 공중목욕탕, 돈암동처럼 오밀조밀한 골목. 일본 베이비붐 세대의 정서가 스민 풍경인데도 낯설지 않았다. 겨울 아침의 하얀 입김, 비눗갑 속에서 달각이는 비누 소리까지.

문득, 한국의 통기타 듀오 해바라기의 노래 〈행복을 주는

사람〉이 떠올랐다. 유신 말기, 그리고 민주화에 대한 열망
이 일렁이던 시절. 두 시대, 두 나라의 노래는 멜로디도, 메
시지도 전혀 달랐지만, 미묘한 교차점이 있었다. 〈간다가
와〉가 헤어진 애인의 반지를 만지작거리는 노래라면, 〈행
복을 주는 사람〉은 반지를 맞추러 가는 연인의 노래처럼 느
껴졌다.

우리는 예약 번호가 뜨길 기다렸다. 그 틈을 타서 나는 예
약번호를 일본어로 읽는 연습을 했다. 756은 나나햐쿠고쥬
로쿠. 나는 자꾸 '쥬'를 빼먹었고, 리애 상이 조심스레 정정
해주었다. 초밥집은 꽤 알려진 곳이었다. 레일을 따라 초밥
이 쏜살같이 달려왔다. 접시가 엎어질까 약간 조마조마했
다. 그 속도를 보고 '신칸센 초밥'이라 불렀더니 리애 상이
활짝 웃었다.

"호타루이카도 있어요." 그가 약간 장난기 섞인 목소리로
말했다. 호타루는 반딧불, 이카는 오징어. 심해를 야광찌처
럼 유영하는 생물이 떠오르는 이름이었다. 그 말만으로도
빛 무더기가 파도에 잘게 흩어지는 장면이 그려졌다.

그는 간장에 초밥을 깊게 적신 뒤 한입에 넣었다. 복스럽
게 먹는 모습에 나도 입맛이 돌았다. 빈 접시가 차곡차곡 쌓
였다. 적당히 배가 찰 즈음 "주문하신 초밥이 도착했습니
다." 하는 기계음이 울렸고, 신칸센을 타고 달려온 초밥이
우리 앞에 도착했다.

호타루이카는 예상과는 사뭇 달랐다. 축축한 살갗, 또렷

한 눈동자, 쪼그라진 갈색 몸체에, 미끈거릴 듯한 투명한 껍질이 얇게 들러붙어 있었다. 마치 에일리언 베이비 같았다. 살짝 데쳤다면 한국의 주꾸미처럼 먹었을지도 모른다. 하지만 날것으로 먹기엔 생김새가 너무도 적나라했다. 결국 나는 머뭇거리다 젓가락을 내려놓았고 두 마리의 호타루이카는 리애 상의 입속으로 들어갔다.

우리는 커피젤리푸딩까지 해치우고 밖으로 나왔다. 하늘에 별이 간간이 떠 있었다. 영원처럼 보이는 기억도 결국 잠시 빛나다 사라질 것이다. 오늘 나눈 말들 역시 그럴 것이다. 그러나 그 망각이 꼭 서운하지는 않다. 이런 시간과도 언젠가는 산뜻하고 담담하게 작별할 수 있기를. 리애 상과 헤어진 뒤 지하철역을 향하던 길목에서 걸음을 멈췄다. 여기까지 왔으니 간다강을 보고 갈까. 잠시 망설였지만 결국 돌아서지 않았다.

어떤 아름다움은 실재를 마주하지 않을 때 더 오래 남는다. 지금 머릿속에서 심해를 유영하는 반딧불오징어처럼. '다음에'라는 말은 미루는 말이지만, 때로는 그 미룸 덕분에 정말로 '다음'이 찾아오기도 하니까.

마지막 장을 미루는 마음

시인력 41, 싱고력 59

며칠간 책을 한 글자도 읽지 않았다. 책 앞에 앉으면 무언가가 막혔다. 나는 가끔 책을 읽을 때 폭력적이고 변덕스러운 파시스트처럼 군다. 늘 바랐다. 글자 사이를 산책하듯 걷고 문장을 음미하며 천천히 스며드는 독서를. 낯선 문장에 발이 걸려 넘어지고, 그다음 장으로 쉽사리 넘어가도록 허락하지 않는 독서를.

그러나 실제의 나는 늘 허기진 사람처럼 허겁지겁 책을 삼켜버리고 만다. 문장 하나하나를 곱씹기보다는 활자 속으로 뛰어들어 잠수한다. 긴 숨을 참다가 '파!' 하고 수면 위로 올라오듯 마지막 장을 넘기며 큰 숨을 내쉰다. 그 순간은 빚을 갚은 것처럼 후련하지만 동시에 무언가를 한꺼번에 태워버린 듯한 헛헛함이 남는다. 그래서 아끼는 책은 오히려 읽기를 미룬다. 가장 맛있는 음식을 끝에 남기듯.

하지만 요즘은 시력이 나빠진 탓인지 마지막 페이지까지 단숨에 달리는 일이 드물다. 결국 여기저기 한 입씩 베어 물고 남긴 책들만 책상 위에 쌓여간다. 줄거리는 서로 뒤엉키고, 인물들은 자기 소설을 떠나 엉뚱한 이야기 속으로 이주

한다. 책을 사는 속도가 읽는 속도를 앞지르기도 한다. (하지만 책은 일단 사두고 보는 것 아니겠어요?)

오늘은, 나카자와 게이 선생의 『토끼 사냥』을 펼쳤다. 호세이대학에서 특강했을 때 선생이 내게 직접 선물한 책이다. 2008년 김승복 선생이 번역했고 강출판사에서 출간되었다.

이 소설 안에는 금지된 장난을 치는 소녀들이 있다. '금기'라는 말의 보이지 않는 금 안에서, 소녀들은 '명령'과 '복종'의 역할을 분담한다. 그래서 소녀들의 놀이는 은밀하고 동시에 야릇하다. 그것이 폭력인지 장난인지 경계는 흐릿하다. 아슬아슬하게 선을 넘나드는 순간 기묘한 긴장이 발생한다. 도쿄의 새파란 여름 하늘 아래, 교복을 입은 학생들이 등장하는 청춘 드라마처럼 묘사는 선명하고 리듬감 있다.

표제작 「토끼 사냥」에는 초등학생 세 명이 등장한다. 이발소 집 아들 아키라, 병원 집 딸 마츠에, 그리고 리에코. 세 아이는 여름방학 동안 이지메 놀이를 반복한다.

작가는 그 세계를 과장하지도 미화하지도 않는다. 감정의 윤곽을 흐리지 않으면서도 그 안에 깃든 폭력과 질서의 기류를 담담하고 서늘하게 따라간다.

나카자와 선생의 문체는 무라카미 하루키의 경쾌함도, 무라카미 류의 속도감도 아니었다. 오히려 더 느리고, 더 정통적인 리듬. 그렇기에 이 소설은 마음을 흔들기보다 오래 눌러앉는다. 격렬한 감정보다는 책장을 덮고 나서야 찾아오는 둔중하고 아릿한 통증.

책장을 넘기기 아쉬워 뒷면 추천사를 읽었다. 신경숙과 윤대녕 소설가의 문장이 실려 있었다. 유독 눈길을 끈 건 윤대녕 소설가의 추천사였다. 눈 내리던 날 위스키 공장에서 나카자와 선생을 처음 만난 이야기. 추천사라기보다 짧은 소설처럼 여겨졌다. 시내로 돌아오는 기차에서 윤대녕 소설가의 어깨에 기대 잠든 나카자와 선생의 모습이 영화처럼 그려졌다. 지나치게 로맨틱한 상상을 부르는 추천사였다. 나는 앞쪽 프로필 사진을 다시 들여다보고, 마흔 무렵일 나카자와 게이 선생의 얼굴을 그려보았다. (궁금하다면 책에서 직접 확인하시라.)

몽상에서 벗어나 가방에 『토끼 사냥』을 넣고 집을 나섰다. 이번엔 마음에 드는 장소에서 「녹나무집」 한 편만 제대로 읽고 싶었다. 가구라자카의 카페 톰보로로 향하며 장 그르니에의 『섬』에 붙인 알베르 카뮈의 서문을 떠올렸다.

"나는 그날 저녁으로 돌아가고 싶다. 거리에서 이 작은 책을 펼쳤다가 몇 줄 읽자마자 다시 덮고, 그것을 가슴에 꼭 끌어안은 채 방까지 달려가 아무도 없는 곳에서 마침내 단숨에 읽어버리던 바로 그때로. 오늘 처음으로 이 『섬』에 발을 들여놓는 이름 모를 젊은이에게 나는 질투를 느낀다. 씁쓸함 없이, 감히 말하자면 따뜻한 질투다."

이 서문을 읽을 때마다 나는 첫 독서의 순간을 생각하게

된다. 책은 그대로 있지만 처음 읽는 순간은 단 한 번뿐이
다. 한번 읽어버리면 그 순간은 다시 돌아오지 않는다. 그래
서 카뮈는 처음 이 책을 펼칠 젊은이를 질투한다고 말했을
것이다. 그것은 책에 대한 질투가 아니라 아직 시작되지 않
은 독서의 시간에 대한 질투다.

　나도 그렇게 이 소설을 읽고 싶다. 단숨에 읽되 그 순간을
조금 더 붙잡아두고 싶다. 나는 책을 안고 카페 톰보로로 뛰
었다. 오늘만큼은 조용한 손님만 있기를 바라면서.

스미다강 다리 위에서

시인력 91, 싱고력 9

센소지에 가보기로 했다. 머리를 감고, 젖은 머리를 드라이어로 말리면서도 나설지 말지 망설였다. 그만큼 스페이스 다다가 몸에 익었다.

"아, 그냥 나가버리자."

고민을 털고 길을 나섰다. 비가 간헐적으로 흩날렸고, 센소지 앞은 인파로 가득했다. 인파에 휩쓸려 나카미세 거리를 걸었다. 얼마 못 가 지쳐버려서, 아사히그룹 본사 빌딩이 보이는 건너편으로 방향을 틀었다.

무작정 걷다 마주치는 우연, 그것이 여행의 신선한 묘미라고 지난 일기에 적어둔 적이 있었던가. 구글맵을 보지 않고 걸었더니 어느새 강가에 이르렀다. 나는 구글맵을 열어 현재 위치를 확인했다. 스미다강이었다.

수년 전, 나는 엄마와 일본 여행을 계획했다. 엄마와 함께 스미다강의 불꽃 축제를 보러 오고 싶었다. 그 이야기를 시로 써서 문예지에 발표했었다. 시 제목은 「스미다강의 불꽃 축제」였다.

강가로 가자고 말했다
나의 진흙 코끼리에게
몰래 외투를 입히고 단화를 신겼다
부스스 마른 흙이 떨어졌다
코끼리는 밀차 손잡이를 꼭 쥐고
천천히 발을 뗐다
무릎을 짚고 숨을 고르다가
더는 걷지 못하겠다는 듯
옆으로 풀썩 누웠다
교각 위에 차량이 길게 늘어섰고
화가 난 사람들이 경적을 울려댔다
그때 나는 말했어야 했다
연잎만큼 넓은
귀를 들추고
당신에게 무슨 말이라도 해야 했다

그 후, 나는 이 시를 다음과 같이 퇴고해 두 번째 시집에 실었다.

강으로 가자고 했다
진흙 코끼리에게
좋은 것을 보여주고 싶어서
좋은 것은 무엇일까
외투를 입히고 단화를 신겼다

부스스 흙이 떨어졌다
코끼리는 밀차 손잡이를 꼭 쥐고
천천히 발을 뗐다
무릎을 짚고 숨을 고르다
더는 걷지 못하겠다는 듯
옆으로 풀썩 누웠다
교각 위에 차량이 길게 늘어섰고
화가 난 사람들이 경적을 울려댔다
그때 말했어야 했다
연잎만큼 넓은
코끼리의 귀에 대고
무슨 말이라도 했어야 했다

문예지에 발표했던 시와 시집에 실린 시 사이에는 하나의 다리가 있다. 초고는 다소 불안정하다. 감정이 정리되지 않아 말은 더듬거리고, 호흡은 불안정하며, 단어의 끝자락에서도 망설인다. "몰래 외투를 입히고", "숨을 고르다가", "그때 나는 말했어야 했다" 같은 문장들은 감정을 따라잡지 못해 흘러넘친다. 언어는 확신이 없고, 주저한다. 그래서 오히려 진실하다.

반면 퇴고된 시는 어느 정도 감정이 침전된 자리에서 나온 문장들로 이루어져 있다. 시간이 가라앉은 자리에 언어는 고운 모래처럼 차분히 내려앉는다. "좋은 것은 무엇일까”와 “무슨 말이라도 했어야 했다”라는 문장은 책임과 자책 사이에서 서 있다.

나는 그 두 시를 데칼코마니처럼 겹쳐놓고 바라본다. 같은 이미지, 같은 장면인데도 리듬과 호흡이 다르게 느껴지는 까닭은 무엇일까. 그 차이는 기술의 완성도라기보다, 감정이 언어를 통과해 다시 나에게 도달하기까지의 거리에서 생긴다.

시는 삶보다 앞서지 않는다. 오히려 한참 뒤따라가야 겨우 삶을 따라잡는다. 감정의 소용돌이에 휩쓸린 뒤, 뒤늦은 언어로 자신을 설명해야 할 때가 있다. 그 사실이 오늘은 조금 슬프다. 나는 그 시차를 받아들이며 스미다강 다리를 걷는다.

슬픔도 언어처럼 한발 늦게 도착한다. 그래서 슬픔은 때때로 너무 늦게 와서 이기적이다. 지금의 나는 시를 쓰는 자라기보다 시를 놓친 자에 가깝다.

“무슨 말이라도 했어야 했다”라는 후회의 문장은 이미 식어버린 감정의 잔광일 뿐이다. 마치 퇴고된 시처럼 감정은 식었고, 언어는 그것을 나중에서야 정리해준다. 그러나 그 간극이 바로 삶이다.

맥주를 마저 입안에 털어 넣고 빈 잔을 바라본다. 지금 느끼는 감정은 초고가 아니라 퇴고된 시의 미지근한 온도에 머물러 있다.

찾아보니 올해는 7월 말에 불꽃 축제가 열린다고 한다.

이번에도 그 축제를 보지 못한 채 도쿄를 떠날 가능성이 크다. 그래서 나는 아직 상상할 수 있다. 휠체어에 앉은 엄마의 얼굴 위로 높고 화려한 불꽃 화환이 터지는 장면을. 그 환한 찰나를 현실로 데려오지 못한 채.

번외편—가구라자카 기담

시인력 1, 싱고력 99

한여름이었습니다. 숨이 턱 막힐 만큼 덥고, 빛은 너무 강했습니다. 시력이 급격히 나빠져 새 안경을 맞추기 위해 '가메 만넨'이라는 오래된 안경점을 찾았습니다. 양쪽 눈의 시력 차 때문인지 오른쪽으로만 책을 읽다 보면 관자놀이가 욱신거렸습니다. 가게는 일본식 목조 가옥이었고, 그 주변에는 수국이 탐스럽게 피어 있었습니다. 보랏빛과 붉은빛이 겹쳐진 주먹만 한 꽃송이들이 지나치게 선명해서, 진짜라기보다는 누군가 의도적으로 배치해놓은 조화처럼 느껴졌습니다.

그때였습니다. 수국 무더기 앞에 한 노인이 웅크린 채 무언가를 하고 있는 게 눈에 들어왔습니다. 가까이 다가가 보니, 그는 평평한 돌 위에 탐스러운 수국 한 송이를 올려두고 또 다른 돌로 그것을 짓이기고 있었습니다. 꽃 즙이 돌을 타고 흘렀고, 노인은 그 장면을 조용히 렌즈에 담고 있었습니다.

"이런 건 다 가짜야. 사진에 안 나와."

노인은 낮은 목소리로 중얼거렸습니다. 말이라기보단 습

관적인 혼잣말처럼 들렸습니다.

무언가 이상했습니다. 설명하기 어려운 충동이 목 안쪽에서 올라왔습니다. 평소 같으면 그런 생각조차 하지 않았을 텐데 그날따라 이상하게 사진 한 장을 남기고 싶었습니다. 하지만 휴대전화는 이미 방전되어 있었고, 충전을 하지 않은 채 집을 나선 걸 후회했습니다.

그래서 조심스럽게 노인에게 사진을 부탁했습니다. 노인이 고개를 끄덕였습니다. 그때 그의 손이 눈에 들어왔습니다. 손가락이 없었습니다. 줄기 끝이 잘린 두릅처럼 뭉툭한 살덩이만이 남아 있었습니다.

"저기, 거기 서보세요."

노인이 손짓으로 건물 쪽을 가리켰습니다. 나는 어색하게 그 앞에 섰고, 그는 뭉툭한 손으로 천천히 셔터를 눌렀습니다.

사진을 받을 수 있느냐고 묻자 그는 이메일 같은 건 모른다며 주소를 직접 적어달라고 했습니다. 펜을 찾는 그 노인의 눈동자에는 무언가 급하게 들끓고 있었습니다. 설명하기 힘든 깊이와, 말로 옮길 수 없는 지독한 외로움. 어떤 외로움은 사람을 쉴 새 없이 떠들게 만드는지도 모릅니다. 그는 끝도 없이 말을 이어가며 점점 내 쪽으로 가까이 다가왔습니다. 그의 숨이 미지근하게 얼굴에 닿았습니다. '순간적으로 품었던 얄팍한 동정이 오히려 나를 위험으로 이끄는 것은 아닐까.' 그런 생각이 치밀며 정수리로 열기가 확 솟구

쳤습니다.

노인이 고개를 돌려 건물 뒤를 바라보며 중얼거렸습니다.

"예전에 저 집 뒤에 창고가 있었어. 뭘 감추려고 만든 건데…"

그의 눈빛은 이글거리는 불씨처럼 빛났고, 얼굴은 더위 때문인지 붉게 달아올라 있었습니다. 그런데 팔은 이상할 만큼 창백했습니다. 마치 밀랍으로 만든 것처럼. 그는 바짝 다가와 말했습니다.

"사진, 보내게, 주소… 적어줘요."

햇살은 피부를 찌르듯 내리쬐었고, 땀은 등줄기를 따라 천천히 흘러내렸습니다. 저는 두 손을 문지르며 시선을 피했습니다. 노인도 그 불편함을 감지했을 겁니다. 하지만 그는 상관없다는 듯 입가에 침을 튀기며 말을 이어갔습니다.

"몰래 다 봤어. 창고 안에서 사람들이 뭘 먹는 걸… 그걸, 전부 다 먹었다고."

그가 무슨 소리를 하는지 점점 알아듣기 힘들었습니다. 꺼림칙했고 무서웠습니다. 주소를 적지 않으면 이 상황이 빨리 끝나지 않을 것 같은 압박감이 목을 죄어왔습니다.

결국 저는 주소를 적어 건넸습니다. 그것만이 그 상황을 벗어날 수 있는 탈출구처럼 느껴졌습니다. 며칠 뒤 안경을 찾으러 그곳에 다시 갔습니다. 그제야 알 수 있었습니다. 그 만남은 우연이 아니었습니다. 노인이 가리켰던 창고 자리엔 잡초만 무성했고, 수국이 피어 있던 목조 가옥도 흔적 없이 사라져 있었습니다.

다만, 노인이 수국을 짓이기던 돌의 표면에 검은 얼룩이 남아 있었습니다. 그것이 수국의 즙이었는지 혹은 다른 무엇이었는지는 알 수 없었습니다.

사진은 끝내 오지 않았습니다. 가끔 생각합니다. 그날 찍힌 사진 속 나는 어떤 얼굴이었을까. 정말 그 자리에 내가 서 있었던 게 맞을까. 그날 이후, 집에 들어설 때마다 우편함을 열어보곤 했습니다. 노인이 사진을 보냈을지도 모른다는 막연한 기대가 자꾸 생겼기 때문입니다. 왜 그런 마음이 드는지 나조차 정확히 설명하기 어려웠습니다.

사진은 오지 않았습니다. 대신, 우편함에 쪽지 한 장이 들어 있었습니다.

"괜찮아. 내가 꺼내줬어."

놀랍게도, 그것은 분명 내 필체였습니다.

그 문장을 어딘가에 적어두었던 기억이 어렴풋이 떠올랐습니다. 노트였는지 시의 초고였는지는 분명치 않았습니다. 저는 무심코 얼굴을 문지르고 현관 거울을 들여다보았습니다. 오른쪽 눈동자가 미묘하게 어긋나 있었습니다. 거울 속의 내가 나보다 1초 먼저 움직이고 있었습니다. 마치 내가 거울 속의 나를 따라가듯이.

서울국제도서전과 텍스트힙

시인력 81, 싱고력 19

서울은 지금 국제도서전의 열기로 뜨겁다. 나는 현장에 가지 못했지만, 김승복 선생이 보내온 사진 한 장 속에서 문재인 전 대통령이 핀드 출판사 부스 앞에 서 있는 모습을 보았다.

그 한 장면이 나까지 그 안에 있었던 듯한 착각을 불러일으켰다. 기라 선생도 도서전에 가기 위해 숙소까지 예약했지만 현장 예매가 막혀 당황하셨다고 들었다. 다행히 웹그레이앤블루 출판사의 김현경 대표 덕분에 무사히 입장하셨다니, 그런 작은 연결이 고마웠다.

국제도서전은 더 이상 단순한 '책 잔치'가 아니다. 책이 '어떻게 존재하는가'를 묻는, 문화의 전환을 드러내는 장소가 되었다. 부스 신청은 조기 마감되고, 얼리버드 티켓도 일찌감치 매진됐다. SNS에는 북마크, 에코백, 굿즈, 큐레이션 사진들이 실시간으로 쏟아졌다. 나는 인스타그램 피드를 휙휙 넘겨보며, 책 자체보다 책을 둘러싼 '외피'를 통해 시대의 촉감을 먼저 만지는 기분이 들었다.

처음엔 이 현상이 일종의 소비주의라고 생각했다. 하지

만 지금은 조금 다르다. 독자에게 책은 이제 손에 쥐고 싶은 감각이고, 눈에 보이고 싶은 태도다. 어떤 독자는 책을 고르며 이런 질문을 한다.

"이 작가가 내 취향과 감각을 대신 말해줄 수 있을까?"

무엇을 읽는가보다 어떻게 읽는 모습을 보여주는가가 중요해진 시대. 텍스트는 하나의 스타일이 되었고, 문학은 신념이라기보다 사회적 신호처럼 기능한다.

이 변화가 일시적 유행인지, 새로운 질서의 예고인지 아직 판단할 수 없다. 다만 확실한 것은 책을 대하는 태도가 급격히 변했다는 점이다. 인플루언서와 유명 편집자들은 경쟁적으로 신간을 소개하며, 그 추천의 속도와 파급력으로 독서 트렌드가 만들어진다.

어떤 작가는 SNS를 매력 자본으로 적극 활용해 독자와 소통하고, 어떤 작가는 아예 무관하게 작업을 이어간다. 인지도나 충성 독자층이 있다면 SNS는 필수가 아닐지도 모른다. 그러나 그조차도 하지 않는 작가는 이 급류 속에서 고독과 함께 조용히 저항감을 느낄지도 모른다.

이런 변화는 약간의 거부감도 동반한다. 예쁜 굿즈를 받을 때마다 망설인다. 곧 '예쁜 쓰레기'가 되진 않을까. 그러면서도 나는 굿즈를 받으며 뭔가 '덤'을 얻었다는 쾌감을 분명 느낀다. 그 어정쩡한 쾌감과 불편함 사이에서, 나는 지금 우리가 '책을 감각적으로 소비하는 시대'에 진입했음을 실감한다.

책은 더 이상 침묵 속에서만 존재하지 않는다. 가방 속의 아이템이 되었고, 타임라인 위에서 가시화되는 기호가 되었다. 이 변화가 나쁘다고만 생각하진 않는다. 다만 이 변화가 우리에게 어떤 독서를 남기고 어떤 문장을 앗아갈지 묻고 싶다.

도서전 외부에서는 입장 시스템의 혼선과 민간 운영의 불투명성에 대한 비판도 적지 않다. 문화 행사를 조직하는 방식은 그 사회의 인식을 드러낸다. 올해는 대만과 사우디아라비아 출판사도 참여하며 다국적 언어들이 서울에 모였다가 흩어졌다. 그런 혼란 속에서도 서울국제도서전이 여전히 '문학의 장소'로 남아 있다는 사실이 다행스럽다. 문학은 때로 정치보다 더 정확하게 시대의 감도를 먼저 읽는다.

파치파치, 메라메라,
번역의 불을 건네며

시인력 80, 싱고력 20

번역은 언어의 치환이 아니라 감각의 전승이다. 언어를 옮기는 일은 뜻을 보존하는 것뿐만 아니라 감정이 작동하는 방식 전체를 옮겨놓는 일이다. 의미는 쉽게 옮겨지지만 감정은 한 언어의 형식 안에서만 온전히 존재할 수 있다. 그러므로 번역은 뜻을 '통역'하는 작업이 아니라 언어가 움직이는 방식 전체에 '공명'하려는 노동 아닐까. 내가 일본어 번역 워크숍을 준비하며 고민했던 것도 바로 이 지점이었다.

최승자 시인의 『어떤 나무들은』을 다시 펼쳤다. 번역이라는 행위가 얼마나 내밀한 선택과 저항의 과정인지 한 문장으로도 드러나는 장면이 있다. "내게 새를 가르쳐 주시겠어요?" 그는 이 문장을 "Would you teach me a bird?"라고 번역했다. 문법적으로 어색하고, 익숙한 표현은 아니지만 그는 이를 고집한다. 캐롤라인이라는 친구가 "about being a bird" 혹은 "a birdness"를 제안하자 그는 단호히 말한다. 그렇게 바꾸는 순간, 시는 죽는다고.

"새"는 갇히지 않은 감각이다. 이미지가 되기 직전의 자유, 형태가 붙기 전의 원초적 떨림. 캐롤라인이 제시한 표현들은 그것을 설명하려 들고, 그러는 순간 새는 정의되는 것처럼 보이지만 실은 정형화된 언어로 감금된다.

그 후 "Would you teach me sea"라는 제안도 나왔지만, 그 문장은 한국어로 말해도 낯설다. 그 이질감, 어법과의 마찰이 오히려 시의 개방성을 드러낸다고 시인은 말한다. 결국 캐롤라인은 세미콜론 하나로 타협했다. "Would you teach me; a bird?" 세미콜론으로 새는 살아남았다. 그리고 시인은 화장실에도 가지 않고 네 시간 동안 열일곱 편의 시를 검토했다고 적었다. 언어의 감각을 옮긴다는 것이 무엇인지 그 과정이 잘 드러나는 대목이다.

어제 번역 워크숍 2차를 마치고 돌아오는 길, 「꼭두전」 한 편을 두고 두 시간을 넘게 논의했지만 어딘가 미진했다. 25일 보충 수업을 잡았다. 나는 호세이대학 옆 해자 길을 따라 천천히 걸으며 워크숍의 여운을 되짚었다. 언어를 옮기는 데에는 정확함도 필요하지만, 결국 결정적인 것은 감각이다. 감각의 방향을 얼마나 포착하느냐.

수강생들도 번역하며 만족스러운 순간이 있었을까. 자물쇠에 열쇠가 '잘칵'하고 맞물릴 때의 금속성 쾌감처럼.

내 미흡한 일본어 실력 탓에 이야기의 중심이 내가 하고 싶은 말로만 채워진 게 아닐까. 워크숍에 참석한 분들의 감각과 판단을 충분히 듣지 못한 점이 아쉬웠다. 예정된 시간을 초과했지만, 그조차 빠듯했다.

언어의 문제는 곧 감각의 문제로 이어진다. 한국어 특유의 리듬, 조사의 반복, 종결어미의 미세한 진동은 일본어로 옮기기 어렵다. 그것들은 의미라기보다 구조적 리듬에 가깝다. 그렇기에 일본어 안에서 비슷한 효과를 내는 감탄사, 의성어, 반복 구문을 찾아야 한다. 이것은 감각의 각도를 조율하는 일이다.

예를 들어 "자극, 자그득 기와를 밟아라 이를 갈며 솟솟솟솟 기와를 깨부숴"라는 문장은, '솟'의 반복으로 시각적 상상과 음향의 파열을 동시에 불러온다. 기와의 모양도 한글의 'ㅅ'모양으로 쌓인다. 이를 일본어로 옮기려면 파열음을 가진 단어를 찾아 그 안에 기와가 솟구치는 이미지를 이식해야 한다. 음향적 파열감이 한글 자모 'ㅅ'의 시각성과 겹치며 시 전체의 조형적 에너지를 부여해서 이 이미지가 갖는 생동감을 살려내야 한다. 하지만 그런 단어는 쉽게 나오지 않는다.

"풀 빗자루로 도롱이를 걸치고 시시딱딱 웃는다"라는 표현도 그렇다. 이 표현은 강릉의 관노가면극에 나오는 인물 '시시딱딱이'를 의도적으로 의태어처럼 끌어온 것이다. '이를 드러내며 딱딱 웃는 몸짓'을 언어로 복원한 표현. 이 두 겹의 문화적 맥락을 해석해내야 한다. 표면 아래 겹친 의미의 층을 핀셋으로 들어 올리듯, 말과 몸짓을 분리하고 다시 조립해야 한다.

"놀란 까투리 팔팔팔 튀고"와 같은 조어는 더 복잡하다. 까투리의 몸이 먼저 튀고 그 뒤로 소리가 따라온다. 이때 '팔팔팔'이라는 소리는 움직임이 된다. 텍스트의 한 줄을 벗어나, 잠깐 번쩍이는 도상이 된다.

"하늘에 불을 놓는다 올라간다 마지막 불꽃"이라는 구절에 파치파치パチパチ 대신 메라메라メラメラ를 택해야 하는 이유도 여기 있다. 파치파치는 작은 불꽃이고, 메라메라는 넓게 번지고 휘몰아치는 화염이다. 이 시의 불은 야경 속 폭죽이 아니라 십만 평의 비단을 집어삼키는 불길이다.

시집 『백장미의 창백』에 수록된 장시 「꼭두전」에는 산 자와 죽은 자, 인간과 동물, 현실과 상상이 한 무대에 공존한다. 여섯 악장이 끝날 즈음, 세계의 경계는 무너지고 '꼭두'라는 인형의 심성이 남는다.

언어는 소유가 아니라 혼이 닿아 머무는 자리다. 죽은 자를 배웅하는 꼭두의 마음을 상상할 때 말은 비로소 몸을 얻는다.

해자 옆 길을 걸으며 최승자 시인을 떠올린다. 그가 『어떤 나무들은』에 적은 문장.

"아마도 이 책으로 가장 큰 도움을 얻을 수 있는 사람이 있다면, 그건 나 자신일 것이다."

그가 그 문장을 믿었던 것처럼, 나도 언젠가 내가 배운 것을 내려놓고 싶어질 때 이 기록을 펼칠 것이다.

사쿠라 네코와 저녁의 식탁

시인력 9, 싱고력 91

기라 선생 댁에 가는 날이다. 도쿄여대 특강을 하고 나서 "집에 놀러 오라"는 제안을 받았다. 인사치레일지 모른다고 여겼지만, "일본 가정의 음식과 생활을 보여주고 싶다"라는 말에 마음이 흔들렸다. 단순한 호의가 아니라 자신의 일상을 열어주려는 작은 결심이 느껴졌기 때문이었다. 다만 '혹시 민폐가 아닐까' 하는 조심스러움이 남았다. 문득, 초대를 받아들이는 일에도 용기가 필요하다고 느꼈다. 어떤 관계는 거리를 둠으로써 성숙하고, 또 어떤 관계는 그 거리를 기꺼이 좁히려는 마음에서 깊어진다.

도쿄대에서 기라 선생과 조교인 은주 씨를 만나기로 약속하고 혼고 캠퍼스로 갔다. 한낮의 볕은 뜨거웠지만, 고딕 양식 건물 사이로 은행나무 그늘이 짙게 드리워져 있었다. 나뭇잎 사이로 반짝이는 햇빛, 코모레비木漏れ日. 나는 잠시 손차양을 하고서 나뭇잎 사이로 숨바꼭질하는 태양을 바라보았다. 조금 일찍 도착해 인문대 1호관 앞에서 기다렸지만, 아무리 기다려도 선생이 보이지 않았다. 기라 선생에게 문자를 보내니 답장이 왔다. "거기 고마바 캠퍼스가 아닌

것 같아요." 세상에. 허탈한 웃음이 났다. 내가 찾아간 곳은 도쿄대 고마바 캠퍼스가 아니라 혼고 캠퍼스였다. (나를 오래 아는 사람이라면 이 정도 해프닝에는 놀라지 않을 것이다.)

결국 장소를 다카다후도역의 빵집으로 바꿨다. 다카다후도역 주변은 조용한 주택가라서 여행객보다는 동네 사람들이 많이 보였다. 오래 기다리게 했는데도 두 사람은 환하게 웃으며 나를 반겼다.

우리는 역 옆의 고쿄지라는 절로 향했다. 선생에게는 일상의 풍경이겠지만, 내겐 천 년 전으로 잠시 미끄러지는 여행 같았다. 큼직한 수국이 피어 있었고, 88개의 산책로에 세워진 지장보살상은 빨간 앞치마를 두르고 있었다.

기라 선생이 말했다. 부모보다 먼저 세상을 떠난 아이는 강가에서 돌탑을 쌓으며 죄를 씻는다고. 귀신이 그 돌탑을 무너뜨리면 지장보살이 나타나 아이를 품고 다음 세상으로 인도한다고. 그래서 어머니들이 빨간 옷을 입혀 아이를 보호하고 다시 태어나길 빈다고. 호세이대 특강 때 나누었던 이야기가 다시 떠올랐다. 그 설명을 들으니 수국 사이로 이어진 길이 조금 달리 보였다. 누군가는 이 길 위에서 먼저 떠난 아이의 이름을 부르며 걸었을 것이다.

이번 방문의 또 다른 목적은 기라 선생의 고양이 두 마리를 만나는 일이었다. 선생은 길고양이 귀를 벚꽃잎처럼 잘라 표시한 것을 '사쿠라 네코'라 부른다 했다. 단순히 '중성화 표시'라고 하지 않고 이렇게 다정하게 부르다니. 한 마리는 눈빛이 영리했고 다른 한 마리는 수줍어 보였다. 수줍음 많은 고양이는 작은 해먹에 통통한 몸을 구겨 넣었고, 영리한 고양이는 나를 경계하다가 간식 냄새를 맡고 이내 무릎 위로 올라왔다. 작은 수조에는 금붕어가 있었는데 가끔 사라진다고 선생이 농담했다. 고양이는 태연하게 장미 꽃잎 같은 혀로 수조의 물을 찹찹거리며 마셨다.

식탁에는 일본 가정식 백반이 차려졌다. 고기·감자·당근·양파·곤약을 달착지근하게 졸인 요리, 숙주나물무침, 고구마튀김, 두부조림, 연어소금구이, 무와 당근 절임까지. 기라 선생이 말했다. "고구마튀김은요, 사실 밀키트!" 그 호탕한 웃음이 보기 좋았다. 집 뒤편에는 작은 텃밭이 있었고, 그 채소들로 반찬을 만들기도 한다고 했다.

문학, 여성의 자아, 서울국제도서전 등 다양한 주제가 테이블 위를 오갔다. 매실 열매가 그려진 식기가 조용히 달그락거렸고, 조금 어둑한 불빛 아래서 담소는 포근하게 이어졌다. 그사이 해가 기울어 창밖의 풍경이 서서히 군청색으로 가라앉았다.

나는 대체로 익숙한 관계 속에 머무는 편이다. 새로운 사람을 사귀는 일에는 많은 에너지가 필요하기 때문이다. 그러나 일본에서는, 두 달이라는 짧은 시간 때문인지 한국에 있을 때보다 자주 약속을 잡고 사람들을 만났다. 기라 선생의 자연스러운 환대는 나의 인간관계를 돌아보게 했다. 환대란 타인의 시간을 기꺼이 자신의 하루에 들이는 일이다.

꾸밈없는 생활을 보여주고, 있는 그대로의 자신을 풀어놓는 것. 나는 거기까지 가는 데 시간이 오래 걸리는 편이다. 그러나 기라 선생은 그 허들을 가볍게 넘었다. 그의 환대와 진솔한 모습은 나를 더 다정한 사람으로 살아가고 싶게 했다.

　지하철역까지 은주 씨와 걸었다. 그는 도쿄대에서 박사과정을 밟고 있다. 부드럽고 우아한 목소리가 듣기 좋았다. 그 목소리로 시 낭독을 듣고 싶다는 생각이 스쳤으나 말하지는 않았다. 언젠가 이 일기를 읽는다면 알게 되겠지. 우리가 흔들리는 전철 안에서 조용히 주고받은 말들을. 그 말들은 주오선 창밖으로 짙게 번져가던 야경 속에 묻어두었다.

미美와 응시

시인력 22, 싱고력 78

에비스역에서 내려 10분가량 걸었다. 언제였나? 집으로 가는 길에 가시와바라 상이 추천해준 곳이 야마타네미술관이었다. 지하 전시실에서는 우에무라 쇼엔 탄생 150주년 특별전이 열리고 있었다. 관람객이 많지 않아 한 작품 앞에서 오래 머물 수 있었다. 전시실은 발소리가 울릴 만큼 조용했다. 한 노부부가 그림 앞에 서서 비단 주름을 잡듯 부드러운 눈길로 우키요에를 감상하고 있었다.

〈봄의 차림〉이라는 작품 앞에 섰다. 차가운 비단이 이마를 스치는 듯했고, 머리카락 한 올까지 세밀하게 그려져 있었다. 사람들은 서로의 시야를 가리지 않으려 조심스럽게 움직였다. 그림의 섬세함만큼이나 그것을 대하는 관람객들의 움직임도 조용했다.

우에무라 쇼엔의 그림은 투명했다. 마치 수채 물감 한 방울이 번져나가며 맑게 퍼지듯 청초했다. 그는 메이지 말기와 다이쇼, 쇼와 초기까지 활동하며 일본화 속 여성상을 기품 있고 강인하게 재해석한 화가이다. 여성을 주제로 한 그림이 많았지만, 그 시선은 단순한 장식이 아니라 다양한 일상의 얼굴을 드러낸다. 부채를 든 손, 고개를 기울이며 칸자시를 매만지는 동작, 머리 위에 얹힌 벚꽃 송이, 모기장을 치다가 반딧불이를 발견하는 여인. 이런 작품들은 고요했고, 오래 바라볼수록 미묘한 숨결이 느껴졌다.

나는 간송미술관에서 보았던 신윤복의 〈미인도〉를 떠올렸다. 신윤복의 여인이 생활 속 온기를 품고 있다면, 쇼엔의 여인은 절제된 품위를 지녔다. 전자는 삶의 안쪽, 후자는 바깥에 서 있다. 신윤복의 여인은 말을 걸듯이 다가오고, 쇼엔의 여인은 여백 속에서 상징이 된다. 그래서 쇼엔의 그림 앞에서는 잠시 숨이 멎는다.

작품 속 여인들이 족자 밖으로 걸어 나오는 상상을 했다. 종이 인형처럼 가볍게 발을 옮기고, 서로의 장식과 옷매무새를 다듬으며 이런 대화를 나눌 것만 같다.

"그 벚꽃 장식, 참 곱습니다."

"칸자시예요, 비녀와 비슷한 장식이지요."

"머리는 직접 땋으신 건가요?"

"네, 가체를 얹은 거랍니다."

가장 오래 시선을 붙잡은 작품은 〈불꽃焔〉이었다. 『겐지 이야기』의 로쿠조가 질투와 사랑 속에서 변신하는 순간을 그린 작품이었다. 머리카락은 발목까지 길게 내려오고, 발은 희미하게 사라지고 있었다. 원혼으로 변하는 중인지, 사라지는 순간을 그린 것인지 알 수 없다. 다만, 머리카락을 입에 문 모습은 쇼엔의 다른 그림과 달리 격정적이었고 그

로테스크했다. 그 질투의 불길, 전통적 여성상을 사랑하면서도 깨고 싶었던 충동이 함께 타오르는 듯했다.

이 여성들은 스스로 '미인'의 자리를 선택했을까, 아니면 그 자리가 이미 미의 기준이 되어 있었을까. 그들의 시선은 누구를 향하고 있었을까. 그 침묵은 자유였을까, 강요된 미덕이었을까. 두 그림 모두 자유와 구속을 함께 품었을지도 모른다.

질문은 과거에서 현재로 이어졌다. 당시 미학이 그린 이상적인 여성상은 오늘날에는 대상화로 읽힐 수 있다. 그러나 오늘의 언어만으로 과거를 재단하면 그 시대의 맥락과 작가의 숨결이 사라진다. 어쩌면 나 역시 또 다른 틀을 씌우고 있는지도 모른다. 그래서 질문을 바꿨다. "그들은 어떤 시선에 놓였는가"에서 "나는 어떤 시선으로 그들을 보고 있는가"로.

대상화는 시대가 만든 구조이지만 응시는 개인이 감당해야 할 '선택'이다. 과거의 미는 오늘의 질문을 피할 수 없고, 오늘의 질문 또한 과거 앞에서 겸허해야 한다.

미술관을 나서자 후덥지근한 공기가 밀려왔다. 기념품 가게에서 도록을 산 뒤 에비스역으로 향했다.

두 친구, 쌍둥밤처럼 나눠 쓴 일기

시인력 o, 다이조부력 Max

옹달샘 한 모금 같은 친구 '시정'

시정과 연희가 도쿄로 놀러 왔다. 2박 3일간. 시정은 심리상담사이다. 첫 만남은 2017년 서울국제도서전에서였다. 나는 첫 시집과 『詩누이』를 낸 풋내기였고, 선배 시인들 틈에 앉아 긴장한 채로 굳어 있었다. 행사가 끝날 즈음 청중에게 마이크가 돌아갔다. 몇몇이 손을 번쩍 들었다. 사회자의 호명을 받고 뒷줄에서 한 여성이 무대로 걸어 나왔다. 스카이블루 실크 스커트가 조명 아래에서 물결처럼 흔들렸다. 나는 늘 그런 사람을 멋지다고 생각해왔다.

나의 첫 강연은 멋짐과는 거리가 있었다. 강릉대학교 MT에서였다. 목소리가 떨렸고 자꾸만 말끝을 흐렸다. '나조차 내 시에 확신이 없는데, 누가 믿어줄까.' 시를 설명하는 순간마다 시가 사라지는 것 같았다. 머릿속은 하얘졌고, 나는 5분 남짓 웅얼거리다 결국 단상에서 내려왔다. 나를 초청했던 스승은 "벌써 끝냈냐?"라고 조금 놀라 물으셨다. 그리고 더 묻지 않으셨다. 그 떨림은 실패의 기억이기도 했지만 동시에 시 앞에서 내가 얼마나 무력했는지를 그대로 드러낸

일이었다.

　지금도 마이크 앞에 서면 두렵다. 누군가의 말에 깊이 찔릴 때도, 발뒤꿈치가 들릴 만큼 좋을 때도 있었다. 하지만 말을 많이 하고 나면 언제나 수치심이 먼저 찾아왔다. 시가 될 것을 말로 소진해버렸다는 자책 때문이었다. 가끔 '행사를 잘한다'는 말을 들었지만, 그 말은 어딘가 씁쓸했다. 속으로 긴장하는 건 예나 지금이나 다르지 않다. 달라진 점이 있다면 예전처럼 자신을 가혹하게 몰아붙이지 않는다는 것 정도다.

　누구나 A에서 Z까지의 얼굴을 지닌다. 그러나 누군가는 그중 몇 가지 표정을 정체성으로 만들어 고착시키려 한다. 특히 작가라면 더 쉽게 그 함정에 빠진다. 스타일을 지켜야 한다는 강박, 일관성이 곧 진정성이라는 신념 때문일까. 하지만 '일관된 나'를 유지하려는 의지는 종종 나를 지켜주는 것이 아니라, 나를 한 방향으로만 읽히게 만드는 제한이 되곤 한다. 삶의 구조는 한 가지 면모로 설명되지 않는다. 그럼에도 스스로를 단일한 결로 묶어두려는 순간 '작가다움'이라는 이름의 엄숙주의가 생긴다. 그 엄숙함은 타인을 속이기보다 먼저 자신을 오해하게 만드는 게 아닐까. 나는 내 안에서 흔들리고 변하는 다채로운 얼굴을 인정할 때 자연스러웠고, 그 변화의 진폭이 오히려 나답다고 느꼈다.

　그날 뒷줄에서 무대를 향해 걸어오던 시정. 시정은 나와 달라 보였다. 확신하고, 주저하지 않으며, 자신의 감정을 정확히 보호하는 사람처럼 보였다. 하지만 마이크를 쥔 시정의 손은 미세하게 떨리고 있었다. 내가 '단단한 사람'이라고 단정했던 그 역시 떨고 있었다. 그 모습은 어쩌면 내가 보고 싶었던 시정이었을지도 모른다.

칠 년 뒤, 두 번째 시집 북토크 자리에서 그를 다시 만났다. 연락처를 주고받았지만 몇 해 동안은 인사만 했다. 어느 날 그는 자신이 운영하던 심리센터 '빛나다'로 나를 불렀다. 영국에서 심리학을 공부하고 돌아와 만든 자리였다. 그는 내 시집 『싱고, 라고 불렀다』를 꺼내 보였다. 방구석에서 홀로 쓴 시가 그의 내면에서 '싱고'라는 새 말을 낳았다니, 낯설면서 고마웠다. 시는 발이 있다. 쓰는 이의 곁을 떠나 더 멀리 간다.

우리는 서로 나이를 묻지 않았다. 나는 누군가를 '안다'고 믿는 순간 관계가 틀어지는 경험을 몇 번 했다. 안다고 믿는 마음은 참된 이해가 아니라 지름길로 가려는 게으른 단정에 가까웠다. 그래서 모르는 부분을 빈칸으로 남겨두는 편이 더 깊다고 느낄 때가 있다. 그 빈칸은 불안이 아니라 여유이고, 서로의 가능성을 열어두는 거리다.

마음이 부대낄 때면 나는 지방에 작은 작업실을 얻어 지내곤 했다. 사람과 적당히 거리를 둘 때 비로소 내 안에서 작은 갈망이 고인다. 나는 그걸 옹달샘이라 부른다. 옹졸한 인간의 옹달샘. 겨우 한 모금이지만 갈증을 적셔준다. 시정은 그런 내 방식을 묵묵히 이해해주었다.

시정과 연희는 나의 보수적인 옷차림을 보고 얕게 한숨을 쉬더니 '핫걸'로 변신시켜주겠다며 자라 매장으로 끌고 갔다. 그들은 부지런히 드레스를 가져다 탈의실 안에 넣어주었고, 나는 끙끙대며 드레스를 입었다 벗었다 했다. 밖에서는 두 사람이 깔깔 웃으며 "이건 어때? 저건 어때?" 하고 물었다. 거울 앞에서 한참을 씨름했지만 끝내 맞는 옷을 찾지 못했다.

언젠가 시정은 나에게 그의 공간 '빛나다'로 초대하는 엽서를 준 적 있다. 몇 년 동안 하고 싶은 말을 만지작거리다가 조심스레 적은 문장. 아직도 편지함에 있다. 그 엽서가 시작이었다.

음주가무의 밤, 춤출 때 가장 아름다운 친구 '연희'

식당을 찾다가 '국립과학박물관 부속 자연교육원'을 발견했다. 막상 들어가보니 산책로가 아니라 숲 같았다. 나무 그늘은 넓고, 신록은 눈부셨다.

서로 사진을 찍어주다가 갑자기 좋은 생각이 떠올랐다. 우리는 연희에게 훌라댄스를 춰보라고 제안했다. 연희는 취미로 훌라댄스를 배우고 있었고, 여러 번 공연도 했다. 그 말을 듣자마자 연희가 신발을 벗었다. 우리는 휴대폰을 들고 그를 촬영했다. 카메라맨이라도 된 듯이 줌인, 줌아웃, 근거 없는 자신감만으로 가득 찬 카메라 무빙.

연희는 〈레이 호오헤노〉라는 곡에 맞춰 훌라댄스를 췄

다. 손끝이 공기를 갈랐고 손바닥이 하늘을 열었다. 손을 모아 귀를 기울였다가 무릎을 굽힌 채 반동을 주는 자세는 햇살을 털어내는 것처럼 보였다. 우리는 웃음을 터뜨리며 셔터를 눌렀다. 그는 건강했고 아름다웠다.

그리고 우리는 도쿄타워로 향했다. 셋 다 일본에 여러 번 왔지만 도쿄타워 안쪽까지 들어가본 것은 처음이었다. 군청색 하늘을 배경으로, 레드오렌지 철골이 거대한 홍게처럼 기어오르는 듯한 풍경. 누군가에게 고백하고 싶은 이가 있다면 스카이트리보다 도쿄타워로 가보라. 도쿄타워에는 노스탤지어가 있고, 스카이트리에는 미래가 있다. 사랑은 두 타워 사이를 오가며 그네를 타지.

저녁은 몬자야키. 이어서 가구라자카의 야키토리집 쇼짱으로 2차를 갔다. 주인 할아버지 이름도 쇼짱이었다. (6월 10일 자 일기에 잠깐 등장했던 그 쇼짱 맞아요!) 시정이 종이에 뭔가를 써서 쇼짱에게 건넸는데, 뭐라고 적었는지 끝내 알려주지 않았다.

3차로 반지하의 바로 들어갔다. 입구가 좁았다. 정장을 입은 중년 여성 바텐더가 있었다. 말할 때마다 덧니가 번쩍여, 드라큘라 소굴에 들어온 듯했다. 그 옆에 신참 바텐더가 잔뜩 긴장한 채 서 있었다. 술이 돌자, 연희가 "괜찮냐?"라고 물었고 나는 "다이조부!"를 연발했다.

만용을 부려 에스프레소마티니를 시켰다. 한밤중에 더블샷 에스프레소 칵테일이라니, 누가 봐도 자폭 주문이었다.

바텐더가 "맛이 강한데 괜찮아요?"라고 물었다. 내 대답은 역시 "다이조부데스!"

오랜만에 시원하게 나를 방기한 밤이었다. 도쿄에 와서도 마감에 시달리느라 여유가 없었는데, 오늘 밤은 술기운을 빌어 해방감을 느끼고 싶었다. 이런 해방감은 취한 감각 그 자체이기보다 '잠시 내려놓아도 된다'는 허가에 가까웠다. 허리를 조이던 벨트를 한 칸 느슨하게 풀었다.

하지만 하얗게 밤을 지새우겠다는 패기와 달리, 셋 다 술이 약한 편이었다. 새벽 한 시까지 버텼으나 결국 눈꺼풀이 무겁게 내려왔다. 내일 아침 브런치를 약속하고 스페이스 다다로 돌아와 그대로 기절했다.

6월 22일

문자 알림 소리에 잠에서 깼다.
오전 10시 31분.
시어머니가 세상을 떠나셨다.

　　장례는 삼일장으로 치러졌다. 시어머니의 얼굴에 곱게 화장이 입혀져 있었다. 입은 솜으로 막혀 있었고, 손발은 가지런했다. 관 위로 노란 관보가 덮였다. 이동욱 시인은 왼팔에 상주喪主라고 적힌 상장을 찼다. 그는 이틀째 한숨도 자지 못해 눈이 충혈되었다. 하루아침에 바뀐 풍경이 비현실적으로 느껴졌다. 문상객이 뜸한 틈을 타, 그가 장례식장 뒤뜰에 고양이가 있다며 나가보자고 했다. 비는 막 그친 듯했고 처마 끝에서 낙숫물이 떨어졌다. 투, 둑. 종이 상자 안에서 어미 고양이가 새끼를 핥고 있었다. 혀가 닿은 자리만 짙게 젖어들었다. 툭. 툭. 나는 그 자국을 물끄러미 보았다.

어머니의 직장 동료들이 문상을 왔다. 그중 한 분이 내 손을 잡으며 말했다. "생전에 며느리 자랑을 많이 하셨어요." 시어머니는 나를 진심으로 아껴주셨다. 영정 속에서 어머니는 웃고 계셨다.

나는 문상객들이 벗어놓은 신발을 가지런히 정리했다. 뒤축이 한쪽만 닳은 구두, 지나치게 반짝이는 구두, 꺾어 신은 자국이 남은 구두. 그리고 주삿바늘조차 들어가지 않던, 어머니의 작은 발이 떠올랐다.

'어머니. 죽음은 무엇인가요.'
'다시는 신발을 신을 수 없는 거야.'

토네이도 속 체리 한 알

시인력 79, 싱고력 21

나는 다시 인천국제공항에 서 있었다. 지난 2박 3일 동안 무슨 일이 일어났는지, 현실감이 흐렸다. 발인을 지키지 못한 채 도쿄로 돌아왔다. 내부 압력은 뜨겁게 부풀었지만 머릿속은 차갑게 식어 있었다.

엉뚱하게도 스페이스 다다의 압력밥솥 '체리체리붐붐'이 떠올랐다. 체리 모양의 빨간 압력추가 회전할 때처럼 내 정신도 그 원심에 휘말려 아득해졌다.

몇 시간 뒤, 번역 워크숍과 트와일라이라이트 북토크가 예정돼 있었다. 스카이라이너 안에서 시미즈 선생께 장례를 치르고 왔다고 메시지를 보냈다. 그는 무리하지 말라 했지만, 나는 가만히 있을 수 없었다. 움직이지 않으면 내 정신은 토네이도 속 체리처럼 미친 속도로 회전할 것만 같았다.

나는 또 길을 헤매 호시노커피 산겐자야점에 늦게 도착했다. 하지만 워크숍 동지들은 환하게 웃으며 반겨주었다. 시미즈 선생과 눈을 짧게 마주치고 바로 워크숍을 시작했다.

우리는 「꼭두전」 5·6장을 마무리했다. 「꼭두전」은 삼 년 전 아버지 임종을 목도한 뒤 쓴 시다. 그때 나는 감정을 시의 중심에 두지 않겠다고 마음먹었다. 화자가 곧바로 '나'와 직결되는 구조는 쓰는 이를 쉽게 자기 연민으로 밀어 넣는다. 그런 연민은 작품에 도움이 될 수도 있지만, 타자 앞에서의 태도는 오히려 왜곡한다.

필요한 것은 감정의 부정이 아니라 감정과의 거리였다. 그 거리가 확보될 때 시는 비로소 말할 수 있는 형식을 갖춘다. 나는 그 형식을 지키고 싶었다.

서점 위트 앤 시니컬에서 낭독하다 무너졌던 기억도 떠올랐다. 나는 그 자리에서 눈물과 콧물이 뒤섞인 얼굴로 울어버렸다. 그것이 감정 조절의 실패인지 아닌지는 지금도 판단하기 어렵다. 그때 나는 감정과 나 사이에 적당한 거리가 있다고 착각했다. 그래서 초반부터 「꼭두전」을 읽었지만 감정은 통제 밖에서 날뛰었다. 마치 내 감정이 내게 이렇게 말하는 것 같았다.

'나를 알량한 이성에 가두지 마.'

그 화기火氣 같은 감정은 나를 기습했다. 지금 떠올려도 얼굴이 화끈거린다. 그러나 이미 벌어진 일이라고 인정하고 나니, 오히려 홀가분했다. 북토크가 끝난 뒤 이동욱 시인이 말했다.

"시인이 독자를 걱정시키면 어떡하냐."

가끔 삶은 외부와 내부의 온도를 극단적으로 갈라놓는

다. 그럴 때 현실은 조용히 어깨를 붙잡고 말한다.

"똑바로 봐. 이것도 삶이다."

도쿄에서의 나는 잠시 꿈결에 눌린 사람 같았다. 낮잠 같은 두 달이 지나자 눈앞에는 토네이도 속에서 맹렬하게 돌고 있는 빨간 압력추만 남아 있었다. 이성이 감정을 뒤집고, 감정이 다시 이성을 덮어씌우는 혼탁한 공방.

그 교차 속에서 나는 그 빨간 압력추를 멈추려 애썼다. 멈추지 못하면 감정의 봇물이 언제든 다시 터질 것 같았다.

워크숍을 무사히 마친 뒤, 이마제키 리에 선생과 가오리 상, 김해자 상과 함께 트와일라이라이트로 이동했다. 통역은 리애 상이 맡아주었다. 그곳에는 하명구 작가, 마루누마 예술의 숲 입주 작가 박지원 씨, 가와데쇼보 편집자인 이와모토 상과 무라타 상, 그리고 호시노 상이 와 있었다.

호시노 상의 초록색 신발이 눈에 들어왔다. 발가락 부분이 갈라져 있어 한국의 '무좀 양말'을 떠올리게 했다. 슬며시 웃음이 났다. 그 웃음이 비현실감에 눌린 나를 현실로 다시 당겨왔다. 내일 인터뷰하기로 한 마이니치신문 다나베 기자도 있었다. 다정한 얼굴들이 모여 있다는 사실이 그저 고마웠다.

오늘은 6월 25일이었다. 미쯔 상이 그 사실을 말해주기 전까지 나는 그날임을 잊고 있었다. 그 무뎌짐이 오히려 가장 은밀한 공포일지 모른다. 은근히 데워지는 물속의 물고기처럼 위험을 감지하지 못한 채 익어가는 감각.

나는 오래전 아버지에게 들었던 6·25 전쟁 이야기를 꺼냈다. 한밤중, 방문 앞에 시커먼 그림자가 서 있었다고 했다. 아버지는 인민군이라고 직감했고, 그 예감대로 그는 먹을 것을 내놓으라고 아버지를 협박했다. 아버지는 감자를 가지러 광으로 갔다. 아버지의 등에 겨눠진 것이 총인지 칼인지조차 알 수 없었다고 했다. 산 위까지 감자 자루를 들고 올라가 내려놓는 동안, 등 뒤에서 총을 쏠까 봐 무서워서 오줌이 나올 뻔했다고 했다. 내게 6·25는 늘 구전된 이야기처럼 멀었다.

그날은 책거리 시 파티에서 시인 데뷔전을 치른 호시노 상도 시를 낭독하기로 한 날이었다. 그가 어떤 시를 가져왔을지 몹시 궁금했다.

그가 가져온 시의 제목은 「저녁놀의 씨앗」이었다. 박지원 씨가 한국어로 낭독해주었다.

> 그저 청록색 しんご(신호등)만 갓 이슬을 머금은
> 듯 영롱함을 매달고
> 정적 속에 사람 없이 피어난 저녁놀의 단 꿀이
> みな(모두)에게
> 쏟아지니
> 해 질 녘의 씨앗이 남긴 껍질 문자가 서성거립니다

'신호등'의 발음은 싱고, '모두'의 발음은 미나. 시미즈 선생과 나는 눈이 동시에 마주쳤고, 놀란 얼굴로 서로를 보았다. 그 시가 내 안에서 정신없이 회전하는 압력추를 멈춰 세웠다. 시는 이렇게, 한 사람의 과열된 정신도 단숨에 진정시킬 수 있다. 코끝이 시큰했는데 내색하지 않았다.

삶의 의미를 찾는 질문이 이따금 냉소로 기울 때, 그 반대편에서 힘껏 지탱해주는 사람들이 있다. 가오리 상의 우정 어린 소감이 자꾸만 기우뚱해지려는 나를 다독여주었다. 이마제키 리에 선생은 시가 어렵지만 재미있었다고 말했다. 재미는 강요할 수 없기에 그 말은 값졌다. 칭찬이 이어지자 마음속에서 조용히 경보음이 울렸다. '이제 칭찬은 그만 받아도 괜찮지 않을까.'

쑥스러워서 구두 속 발가락을 꼼지락거릴 즈음, 미쯔 상이 리에 상에게 물었다.

"신미나 씨는 어떤 사람인가요?"

리에 상은 이렇게 말했다.

"싱고일 때는 장난스럽지만, 시인으로서는 진지한 사람. 그러니까 이쪽에서 저쪽 끝까지 가는 사람."

과찬이라서 쑥스러웠다. 내 정신을 끝까지 보여주면 누군가는 실망하겠지. 그래도 이번 생에서는 '나'라는 정신의 전 범위를 모험해보고 싶다. 정신의 폭을 탐사하려는 욕망이 시를 쓰게 만드니까.

집으로 돌아와 호시노 상이 선물한 상자를 열었다. 쿠키 상자였다. 상자에 메모와 씨앗 봉투가 붙어 있었다. 깨알보다도 작고 검은 씨앗이었다. 메모에는 이렇게 적혀 있었다.

"저녁놀의 씨앗. 사실은 피튜니아."

밤의 철도

시인력 51, 싱고력 49

점심도 거르고 늦잠을 잤다. 눈을 뜨자마자 허기가 밀려왔다. 리애 상이 선물한 허브 '보리'에 분무기로 물을 뿌렸다. 처음엔 실처럼 가늘었던 잎이 이제 콩나물만큼 통통해졌다. 모자를 눌러쓰고 이치가야역으로 향했다. 그 근방을 지나며 보았던 생선구이 가게가 떠올랐다. 갓 지은 따끈한 밥에 메로구이 정식을 먹고 싶었다.

식당 안은 저마다 하루를 마친 사람들이 앉아 있었다. 택배 기사, 넥타이를 느슨하게 맨 직장인, 커다란 가방에 학습지를 넣은 여성, 인근 학교에서 막 나온 듯한 학생 둘. 저마다 묵묵히 저녁을 삼키고 있었다.

밖으로 나서니 황혼이 막 내려앉았다. 호세이대학교 맞은편 빌딩 유리창마다 금박을 입힌 듯 황혼이 반짝였다. 그 사이로 주오선이 어둠을 밀어내듯 지나갔다.

문득 〈은하철도 999〉의 한 장면이 떠올랐다. 어릴 적 나를 사로잡았던 가장 신비롭고 아름다운 만화였다. 메텔이 떠나고 철이가 플랫폼에 홀로 남아 손을 흔들던 장면이 기억난다. 기차가 점점 멀어져 야광 점이 될 때까지 철이는 기차를 눈으로 좇는다. 그 순간을 외워두려는 듯.

또 한 대의 전철이 지나간다. 나는 철로가 사다리처럼 하늘로 이어지는 상상을 한다. 객차의 칸칸마다 하나둘씩 불이 켜지고, 그 안에 익숙한 얼굴들이 앉아 있다. 그중 한 사람이 내 쪽으로 고개를 돌린다. 시어머니이다. 그 옆자리에 재작년 무지개다리를 건넌 반려묘도 얌전히 앉아 있다. 어머니는 나를 보고 희미하게 웃는다. 나는 사라져가는 그들을 향해 힘껏 손을 흔든다.

환대의 통로

시인력 10, 싱고력 90

아버지의 기일이다. 눈뜨자마자 향을 피웠다. 시어머니를 생각하며 향을 하나 더 올리고 짧게 기도했다. 창밖으로 보이는 단풍이 어느새 세 잎이나 붉게 물들어 있었다. 처음엔 하나만 겨우 붉었었는데.

오늘은 김현 시인을 필두로 한국 독립 출판사 친구들이 북토크를 하러 온다. 여기서 젊은 독립 출판사 대표들과 만나는 자리를 마련하면 좋겠다고 생각했다. 나는 김현 시인을 '야마노테선'이라고 부른 적이 있다. 반은 농담이었지만, 반은 진심이었다. 사람과 사람을 잇는 그의 유연함 때문에 붙인 별명이었다.

이번에도 그는 무사히 친구들을 이끌고 도쿄에 왔다. 시절 출판사 오종길, 웜그레이앤블루 김현경, 결 출판사 규열 대표까지. 셋은 흰 티에 청바지로 드레스 코드를 맞춰 등장했다. 다다미방에 옹기종기 앉아 호시노 상이 선물한 쿠키를 들여다보는 모습이 귀여워 얼른 사진을 찍었다. 김현 시인은 나중에 사진을 보고 "도쿄 청춘물 재질"이라 했다.

이후 마이니치신문 다나베 기자와의 인터뷰가 있어 먼저

쿠온 사무실로 향했다. 시미즈 선생이 통역을 맡아주었다. 다나베 기자는 지난 25일 북토크에도 와준 분이었다.

"한국 시가 흥하는 이유가 뭐라고 생각하는가?"라는 질문에, 나는 "우리의 역사적 질곡과 그 질곡을 자신의 목소리로 말해줄 언어가 필요하기 때문이 아닐까"라고 답했다. 이어서 레지던시 체류가 글쓰기에 가져온 변화에 대해 말하다 보니 한 시간이 훌쩍 지나 있었다.

아래층 책거리 서점에서는 워크숍 보충을 위해 사사키 나호 상과 아라이 상이 기다리고 있었다. 그때 다나베 기자가 말했다.

"오늘은 일본에서 아쿠타가와상 시상식이 열리는 날이에요. 초대권이 있어야 들어가는데… 혹시 같이 가볼래요?"

잠시 마음이 흔들렸다. 지영 매니저도 "흔치 않은 기회잖아요?"라고 거들었다.

조금 아쉬웠지만 웃으며 "의리!"라고 답했다.

워크숍 보충 수업은 책거리 서점 뒤편의 카페로 가서 진행했다. 지난 수업에서 어머니 이야기를 들려주었던 사사키 나호 상의 표정이 떠올랐다. 나는 「꼭두전」을 다룰 때 감정에 거리를 두려 했던 이유를 그에게서 새삼 확인했다. 수업을 마치고 빗속에서 나호 상, 아라이 상과 포옹했다.

"사랑하세요."

그 말은 그들에게 하는 말이면서 동시에 나에게 하는 말이었다.

책거리 서점에 들어서니 이벤트가 막 시작된 참이었다. 맨 뒷자리에 앉으니 장난기가 일었다. 앞자리에는 김승복 선생, 이노우에 번역가, 뒷자리에는 쇼가쿠칸 출판사의 가시와바라 상이 있었다. 여러 관객과 일본 출판인 들은 한국의 독립 출판사 대표들 이야기에 진지하게 귀를 기울였다.

김현경 대표는 우울·타투·성소수자를 다룬 책을, 김규열 대표는 지방에서 서울로 옮겨와 출판을 이어가는 분투를, 오종길 대표는 시절 출판사에서 출간한 책을 보여주며, 자신만의 한 시절을 담은 작품들을 소개했다. 그들은 각자의 자리에서 저마다 다른 방식으로 반짝였다.

청중이 질문하는 순서가 돌아오자 한 출판인이 말했다. "저는 지금 75세이고, 50년 넘게 출판에 몸을 담아왔는데요. 이 일을 하다 보면 하고 싶은 일과 더불어 별로 하고 싶지 않은 일도 하게 됩니다. 오늘을 통해 초심을 돌아보게 되었습니다."

가끔 웃긴 포인트가 있을 때마다 김승복 선생이 크게 호응하며 호쾌하게 웃었다. 나는 괜히 뒷자리에서 김승복 선생의 옆구리를 쿡 찔렀다. 크게 웃는 사람이 좋다. 그 웃음이 나를 가볍게도 하고 멀리도 데려간다. 그러나 그 웃음은 결코 가볍지 않다. 나는 뒷자리에서 김승복 선생의 뒷모습과 독립 출판사 대표들의 모습을 열심히 휴대전화로 담았다. '문단의 이금희 아나운서'라고 불리는 김현 시인이 재치 있고 유연하게 그 시간을 이끌었다. 그들은 모르겠지. 그 모습이 얼마나 미쁘고 장한지.

뒤풀이 자리에는 가시와바라 상이 두 명의 일본 시인과 함께 나타났다. 마리코 상은 능숙한 한국어로 말을 건넸다. 가시와바라 상은 준비 중인 문예지 《GOAT meets》의 가제본을 보여주었다. 표지는 가수 이랑이 장식했고, 뒤표지는 임진각 사진이었다. 그가 얼마나 성심껏, 그리고 조용한 신념으로 자신의 일을 밀어붙여왔는지가 고스란히 배어 있었다. 경계를 넘어 세계의 확장도 그렇게 한 사람의 손끝에서 시작되는 일일 것이다.

나는 한참 웃고 떠들다가, 가제본을 거꾸로 들고 있었다는 사실을 뒤늦게 깨달았다. 가시와바라 상은 아무 말 없이 가제본을 바르게 돌려 가방에 조심스레 넣었다. 부끄러워서 얼굴이 확 달아올랐다.

이곳에서 받은 환대와 우정은 단순한 비즈니스의 온기가 아니었다. 시라는 매개를 통해 서로의 내부로 조심스레 걸어 들어가는 경험에 가까웠다. 그 과정에서 나의 세계도 다른 차원으로 이동하고 있었다. 일본이라는 나라를 섬세하게 바라볼 수 있었던 것도, 그 투명한 통로를 열어준 사람들이 있었기 때문이다.

다음 날 후지산 일정이 예정되어 있었지만 술자리는 새벽까지 이어졌다. 거의 4차였나. 모두 취한 채 다다미방으로 비틀거리며 올라갔다. 독립 출판사 친구들과 김현 시인, 번역가 기라 선생과 리애 상까지 한방에 모였다. 미닫이문을 사이에 두고 짧게라도 눈을 붙이기로 했다.

문득, 지나치게 크게 웃는 자신을 발견했다. 내가 내 몸에서 빠져나와 물끄러미 나를 바라보는 기분이 들었다.

'애도 중인가.'

방울 소리가 들렸다

시인력 10, 싱고력 90

당일치기 후지산 일정. 시작은 트와일라이라이트 서점 옥상이었다. 나는 철없는 동생처럼 두 선생에게 졸랐다. "마지막 날이니까 후지산에 가보고 싶어요." 김승복 선생은 한숨을 쉬며 말했다. "아유, 거길 왜 가." 시미즈 선생도 조심스레 말했다. "저… 고등학교 소풍 이후로 안 가봤어요." 말은 완곡했지만 표정은 분명한 난색이었다. 한국으로 치면 설악산 가자고 떼쓰는 기분일까? 하지만 고집을 꺾지 않았다. "두 분이 함께하지 않겠다면 혼자라도 갈게요. 쓸쓸하게." 이 은근한 협박이 먹혔는지 두 선생은 일정에 표시를 해두었다. 그 자리에 있던 서점 트와일라이라이트의 미쯔 상도 신비로운 눈을 반짝이며 말했다. "후지산에 다녀오면 꼭 이야기 들려주세요."

우리가 후지산에 가게 된 것도 넷플릭스 시리즈 〈핫스팟〉의 영향이었는지 모른다. 드라마 성지를 찾아다닌 적은 없지만, 그 드라마를 좋아했기에 먼 발치에서라도 후지산을 보고 싶었다. 등산까지 하고 싶었냐고? 절대 불가.

문제는 전날 새벽까지 이어진 술자리였다. 세 시간도 못자고 욕실에서 간단히 세수만 하고 나왔다. '정말 강행해야 하나' 싶었지만 이미 계약금까지 걸린 여행이었다. 버스로 세 시간이 걸린다는 말에 규열 대표가 절규했다. 다들 숙취로 괴로워했지만, 모자란 잠은 버스에서 보충하면 되니까.

도쿄역에서 리애 상, 기라 선생과 헤어지며 가볍게 포옹했다. 두 사람은 일부러 배웅을 나와주었다.

고양이 티셔츠 한 벌이 있었는데, 기라 선생에게 꼭 맞을 것 같았다. 한 번밖에 입지 않은 옷이라 다다미방에서 기념으로 건넸더니, 그는 환하게 웃으며 받았다. 그 티셔츠를 입고 은발을 반짝이며 성큼성큼 걸어가는 선생의 뒷모습을 찍었다.

우리는 점심을 먹고 후지산기념관으로 갔다. 지난 25일 뒤풀이 자리에서 호시노 상이 농담을 했다. "신미나 상은 인간이 아니에요." 자신의 장편소설 『인간이 아님』에 빗댄 농담이었다. 나는 "네! 저는 요괴입니다."라고 응수했다. 그렇게 그는 외계인, 나는 요괴가 되었다.

트와일라이라이트 북토크 때 찍힌 사진 속의 나는 정말 원한 서린 요괴 같았다. 게다가 시미즈 선생은 높은 의자에 앉았기 때문에 거대하게 나왔다. 내가 "진격의 거인"이라고 놀리자, 시미즈 선생은 거의 체념한 듯 힘없이 웃었다.

호시노 상은 그날도 개구리처럼 발가락이 갈라진 블랙 슈즈를 신고 왔다. 그 신발이 동그란 두상과 정말 잘 어울렸다. 저번에 봤을 때는 녹색이었는데 이번엔 검정색이었다.

변신술이라도 쓰는 걸까? (설마. 색상만 다른 신발이겠지.) 동그란 두상과 개구리 발가락 신발의 조합은 막 지구에 착륙한 외계인을 연상하게 했다.

기념관을 걷다가 문득 시미즈 선생의 얼굴을 담고 싶어 "시미즈 센세"라고 부르며 불쑥 카메라를 들이댔다. 선생은 당황한 듯했지만 금세 상황을 파악하고는 뒤에 있던 호시노 상에게 재빨리 공을 넘겼다.

"뒤에, 뒤에, 호시노 상!"

하지만 카메라 화면에는 아무것도 잡히지 않았다. 호시노 상이 무릎을 굽혀 프레임 밖에 숨어 있었던 것이다. 들키자마자 그는 크게 웃었다.

"외계인입니까?"라고 내가 묻자, 호시노 상은 "모르겠다!"라고 대답했다. 그러고는 가방에서 동전을 꺼내 구부리는 시늉을 했다. 〈핫스팟〉에서 다카하시가 초능력을 증명하려고 동전을 구부리던 장면을 재현한 것이다.

나는 한숨을 내쉬며 고개를 절레절레 흔들었다. 그는 외계인이 되면 안 된다. 이미 이 지구에서 시인으로 데뷔해버렸으니까. 그의 시를 계속 읽고 싶으니까.

기념품 가게에서 김현 시인이 갑자기 선물을 사주겠다고 했다. 독립 출판 삼총사는 이미 선물을 고른 뒤였다. 나는 잽싸게 작은 인형을 골랐다. '후지오'라고 적혀 있었는데 눈물 두 줄기가 눈에 붙어 있었다.

기념품 가게에서 방울을 공짜로 나눠주었다. 사람들이

걸을 때마다 방울 소리가 맑게 울렸다. 마치 애니메이션의 한 장면에 들어온 것 같았다. 목에 방울을 단 고양이들이 인간으로 환생해 후지산을 관람하는 것처럼.

여러 생각이 두서없이 섞여 흘러갔다. 버스 창밖을 보며 시어머니를 떠올렸다. 애써 막아도 생각이 스며들었다. 눈물은 나지 않았다. 마치 악몽과 길몽을 번갈아 꾸는 것만 같았다.

'어머니, 고통 없는 곳으로 가세요.'

그 말이 작은 회오리가 되어 스산하게 맴돌았다.

후지산 일정을 마치고 도쿄역으로 돌아왔다. 미처 생각하지 못했는데, 그 시간이 두 선생과의 마지막 인사였다. 우리는 짧게 눈을 맞추고 포옹했다. 늘 한 발짝 뒤에서 나를 지지해준 사람들. 김승복 선생과 시미즈 선생은 내 저울추 같은 존재였다.

멀어져가는 두 사람의 뒷모습을 카메라에 담았다. 그리고 오늘의 이별을 가볍게 쓰지 않겠다고, 언젠가 더 깊은 문장으로 옮기겠다고 다짐했다. 호시노 상과도 서울에서 만나기로 하고 악수하고 돌아섰다. 이별은 담담했다.

신주쿠로 넘어가 독립 출판사 대표 셋과 김현 시인과 저녁을 먹었다. 걷다 보니 우연히 이태원을 닮은 골목에 들어섰다. 신주쿠 2초메였다. 무지개 깃발이 걸린 바가 이어졌고, 화려한 조명 아래 사람들이 술을 마시거나 춤을 추고 있었다. 오종길은 형광빛이 도는 레인보우 칵테일을 샀다. 자동차 부동액처럼 위협적인 색이었다. 현경은 보드카를 사 주었다. 나는 점점 방전되고 있었다.

규열은 춤에 흥미가 없어 다른 곳으로 가서 술을 마시고 싶어 했다. 현경과 종길은 들락날락하며 친구들을 사귀었고, 김현 시인은 현란한 조명 아래서 가장 열심히 춤을 췄다. 미러볼이 돌 때마다 김현 시인의 얼굴이 울긋불긋 물들었다. 그는 정말 춤만 추었다. 혼자 춤추는 사람은 자신의 그림자를 흉내 내는 사람. 그래서일까, 그의 리듬은 어쩐지 고독해 보였다.

자정이 가까워지자 한계가 왔다. 종길과 현경은 더 놀고 싶어 해서 더 놀고 오라고 하고, 나는 규열, 김현 시인과 함께 택시를 타고 스페이스 다다로 돌아왔다. 그리고 즉시 기절.

작별 인사는 말없이

시인력 5, 싱고력 95

아침에 눈을 뜨니, 테이블 위에 한 입 베어 먹고 남은 빵이 있었다. 누군가 지쳐 돌아와 탄수화물로 허기를 달래려다 멈춘 흔적. 모양이 애플 로고 같아서 웃음이 났다. 새벽에 현경과 종길이 들어온 줄도 모르고 실신하듯 잠들었었다.

눈을 뜨자마자 시어머니가 해준 말이 떠올랐다. 일본에 가기 전, 출국을 망설였던 내게 했던 말. "너는 어디 가서도 사랑받을 거야." 정말 말 그대로였다. 시미즈 선생, 김승복 선생과 어제 나눈 짧은 인사가 자꾸 되감기듯 떠올랐다.

마지막 날, 친구들은 따로 숙소를 잡았다. 그 조용한 배려가 고마웠다. 나는 어디에도 가지 않고 스페이스 다다를 쓸고 닦았다. 이불을 널고 수건을 빨았다. 방 안에 햇빛이 직사각형으로 깊게 들어올 때까지, 스페이스 다다와 천천히 작별 인사를 나누었다.

나는 이곳에서 받은 것들을 하나씩 펼쳤다. 편지, 손수 번역해준 단카, 나카자와 게이 선생의 소설, 윤슬 서점의 아이상과 트와일라라이트 미쯔 상이 쓴 손바닥만 한 책. 번역기를 돌려가며 더듬듯 읽었다.

그리고 방에 두 개의 엽서를 숨겼다. 하나는 체리체리붐붐 밑에 일부러 보이게 두었다. 주방을 정리하다가 압력밥솥을 떨어뜨려 손잡이를 깨뜨려버렸다. 이미 수리하러 가기엔 늦었으니 사죄의 엽서를 그 밑에 깔았다. 또 하나의 엽서는 비밀로 남겨두었다. 김승복 선생이 언젠가 찾을 수 있도록.

점심을 먹고, 이 근방에서 가장 좋아했던 길을 걸었다. 에도성 외곽을 따라 이치가야역까지. 그리고 맞은편으로 건너갔다. 거기서 멈췄다. 스페이스 다다에서 보이던 전파탑은 일본 방위성 경내에 있었다. 나는 빨간 점멸등을 한동안 올려다보았다.

저녁 무렵, 야키토리 가게 쇼짱으로 갔다. 쇼짱은 꼼꼼히 주먹밥을 구웠다. 그 느린 손놀림을 바라보는 것만으로도 마음이 편안해졌다. 명절 때면 숯불 앞에서 김을 구워주던 아버지가 떠올랐다. 아스파라거스 하나, 꼬치구이 다섯 개. 쇼짱의 정성만큼 맛도 깊었다.

나는 즉흥시를 써서 건넸다. 제목은 「첫눈」이었다. 떠나기 전날이라 그랬을까, 평소라면 못 할 일을 행동으로 옮길 용기가 났다. 옆자리 손님들이 슬며시 쇼짱과 나의 대화에 귀를 기울였다. 오른쪽에는 마고 로비가 프린트된 티셔츠를 입은 남자와 비니를 쓴 남자가, 왼쪽에는 중년 여성이 앉아 있었다. 중년 여성이 묻길래 쇼짱에게 건넨 것이 시라고 하자 모두 놀랐다. 그들은 단카를 아느냐고 물었고, 나는 5·7·5·7·7이라고 대답했다. 그들은 "스고이!"라며 웃었고, 나도 덩달아 웃었다. 서툰 일본어와 영어로 대화가 이어졌다.

마고 로비가 술을 사겠다고 했다. 한 잔만 받겠다고 했는데, 비니 쓴 남자가 어느새 내 술값까지 계산해버렸다. "럭키 데이!"라며 쇼짱이 엄지를 세웠다. 마지막 날, 세상이 준비해둔 깜짝 이벤트 같았다.

어두운 가구라자카 골목을 걸으며 낮게 노래를 불렀다. 그리고 스페이스 다다로 돌아와 널어둔 빨래를 걷었다. 잘 마른 수건에서 햇빛 냄새가 났다.

나는 수건에 얼굴을 오래 묻었다.

구름이 걷히면 다시

시인력 15, 싱고력 85

리애 상과 간단히 아침을 먹고 공항으로 가기로 했다. 떠나기 전, 작은 의식을 치렀다. 스페이스 다다 앞 화단에 키운 허브 '보리'를 심는 일. 폭염 속에서도 살아남을까 싶어, 그늘을 골라 조심스레 나누어 심었다. 칙, 치익. 한 번은 짧게, 한 번은 뿌리 쪽으로 길게. 매일 아침 그렇게 분무기로 물을 주던 날들이 생각났다. 아침 여덟 시 즈음이면 어김없이 들려오던 경비원의 비질 소리, 포로롱 날아가는 새, 바람에 흔들리던 단풍나무. 커피를 조금씩 나눠 마시며 이노우에 상이 준 후루가와 고토네 화보집을 넘기던 조용한 아침. 그 시간 덕분에 매일의 시작이 맑았다.

캐리어를 끌고 스타벅스 앞에서 리애 상을 만났다. 가구라자카까지 오기엔 먼 길일 텐데 리애 상은 선뜻 배웅하러 나왔다.

이 일기는 그의 아이디어에서 시작되었다. 그는 '단카 같은 짧은 일기'를 제안했고 나는 흔쾌히 받아들였다. 문제는 분량이었다. 나는 매 회 장문의 일기를 보내버렸고, 리애 상은 아마 첫 메일을 열어보고 속으로 이렇게 중얼거렸을 것이다.

  '아휴, 이렇게 많이….'

  그래도 그는 너그럽게 번역해주었다. 그의 정성스러운 소감을 읽는 일도 좋았다. 마치 기찻길을 손잡고 걷는 두 아이의 보폭처럼 사소한 어긋남과 작은 환희의 순간을 우리는 기꺼이 즐겼다.

  모스버거를 먹고 리애 상과 전철을 탔다. 리애 상이 또 계산을 하려고 해서, 나는 돌덩이처럼 무거워진 동전 지갑을 꺼내 눈앞에서 흔들어 보였다. 다행히 손님이 없던 터라 얼른 동전으로만 계산했다. 짤랑, 짤랑. 좀 민망했다. 그러고도 동전은 한 움큼 남았다.

  그와 더 많은 이야기를 나누지 못한 것이 아쉬웠다. 지갑에 가득 남은 동전을 파스모에 충전하기로 했다. 달각, 달각. 투입구에 동전을 넣는 소리로 그 시간을 채웠다. 공항행 급행은 20분 뒤였다. 달각, 달각. 충전기는 맛없는 사료만 골라 뱉는 고양이처럼 1엔짜리만 골라냈다. 급행열차가 왔고, 나는 차창 밖에서 웃으며 손을 흔드는 리애 상을 찍었다. 안녕, 수줍은 사람. 나는 손바닥에 밴 동전 냄새를 맡았다.

  비행기 이륙 직전, 문자가 왔다. 시미즈 선생의 삼행시였다.

  신 : 신통하고 신기한 힘으로

미 : 미묘하고 오묘한 시의 세계로

나 : 나를 이끌어준 우리 스승님. 잘 가요, 또 만나요.

평소에 진지한 시미즈 선생이 고심 끝에 삼행시를 썼을 모습을 떠올리니, 조금 웃음이 났다. 늑골 아래에 약한 전류가 흐르는 듯 저릿했다.

비행기가 1만 미터 상공에 오르자, 이곳에서 만났던 얼굴들이 순서도 없이 떠올랐다. 사사키 선생, 다다미방은 괜찮냐고 묻던 노애선 상, 폴더폰처럼 허리를 굽혀 맞아주던 이토 아키에 상, 늘 우산을 챙겨주던 지영 상, 가오리 상의 엽서, 도쿄여대 히카리, 규리….

창밖의 집들이 성냥갑만큼 작아졌다. 들판은 초록 점이 되었고 곧 생크림 같은 구름에 가려졌다. 저 구름 아래 스페이스 다다도 있겠지.

한번은 스페이스 다다 전원이 나간 적이 있었다. 오래된 아파트라 전력 공급이 약했는지, 전자레인지와 세탁기를 동시에 돌리면 두꺼비집 레버가 탁, 하고 내려갔다. 그러면 나는 작은 의자에 올라가 전원 레버를 다시 밀어 올렸다.

처음 스페이스 다다에 왔을 때, 서랍에서 발견한 노트가 떠오른다. 마치 우주선 매뉴얼처럼 여러 수칙들이 적혀 있던 노트였다. 거기엔 이따금 전기가 나가면 당황하지 말고 레버를 올리라고 적혀 있었다.

전원 레버를 올리면 스페이스 다다가 리셋되는 것 같았
다. 우주선이 구우우웅 소리를 내며 돌아가면, 그 진동 속에
서 나는 정말 은하계를 유영하는 것 같았다.

안녕. 스페이스 다다. 또 만나.
구름이 걷히면 다시.

스페이스 다다

짧은 꿈

초판1쇄 발행 2026년 3월 25일
지은이 신미나

발행인 박지홍
발행처 봄날의책
등록 제311-2012-000076호 (2012년 12월 26일)
주소 서울 종로구 창덕궁4길 4-1 401호
전화 070-4090-2193
메일 springdaysbook@gmail.com
인스타그램 instagram.com/springdaysbook

편집 송승언
디자인 공미경
인쇄·제책 한영문화사

ISBN 979-11-92884-59-2 03810

ⓒ 박경리, 『생명의 아픔』, 다산책방, 2025

한국문화예술위원회

이 작품은 한국문화예술위원회 2025년 해외레지던시참가지원 사업의
지원을 받았습니다.